Anka Chilla
Schweinehunde beißen nicht

AF175518

Anka Chilla, geb. 1964, studierte an einer Fachschule u. a. Pädagogik und Kinderliteratur, belegte ein Fernstudium zur »Technik der Erzählkunst« und schreibt am liebsten Kurzgeschichten, von denen einige in Anthologien veröffentlicht wurden. Sie arbeitete als Kindergärtnerin und für die Hörspielabteilung des Rundfunks der DDR, organisierte Schulfahrten für umweltgeschädigte Kinder und trat in ihrer Jugend als Puppenspielerin auf. Zurzeit ist sie im Management von Einkaufszentren tätig und wohnt mit ihrem Mann in Grünheide, in der Nähe von Berlin. In ihrer Freizeit ist sie gern mit Pferd, Kajak oder Fahrrad in der Natur unterwegs und sammelt Inspirationen für ihre Geschichten.

Anka Chilla

Schweinehunde beißen nicht

Minutengeschichten zum Muntermachen, Mutmachen und Nachmachen

Bibliografische Information der
Deutschen Nationalbibliothek:
Die Deutsche Nationalbibliothek verzeichnet diese
Publikation in der Deutschen Nationalbibliografie;
detaillierte Daten sind im Internet unter
dnb.dnb.de abrufbar.

Coverbild & Inspiration: Malwerkstatt Flügel's Hof
(https://www.fluegels-hof.de/)

Lektorat: Bianca Weirauch
(https://lektorat-weirauch.de/)

Buchsatz: DigiBuchService
(http://digibuchservice.de/)

Herstellung und Verlag:
BoD – Books on Demand, Norderstedt
(http://www.bod.de)

ISBN: 978-3-7562-2967-3

Für Jutta

Inhalt

Vorwort

In einigen Schreibforen im Internet stellen sich die Mitglieder wöchentlich einer besonderen Herausforderung. Unter dem Namen »Schreiben gegen die Zeit« haben die Teilnehmer sechzig Minuten Zeit, zu einem spontan gewählten Thema eine Geschichte zu schreiben, die anschließend bewertet und kommentiert wird. Diese Art des Schreibens ist zu meiner Leidenschaft geworden.

Die Kürze der Zeit hat mich gelehrt, auf den Punkt zu kommen. Autobiografisch oder frei erfunden – entstanden ist ein bunter Bilderbogen von Minutengeschichten, die mein Leben in den letzten zehn Jahren spiegeln. Für diesen Band habe ich Texte ausgewählt, die davon erzählen, wie einfach es sein kann, dem alltäglichen Trott zu entkommen, sich selbst zu motivieren und Freude zu spüren.

Viel Spaß beim Entdecken der Magie des Augenblicks.

Anka Chilla

Das Lachen der Kinder

Vor meiner Nase schnappen die Türen zu und die S-Bahn fährt ohne mich. Verdammt! Ich bin zu spät und im Büro beginnt um neun Uhr das Meeting. Schon jetzt sehe ich den vorwurfsvollen Blick meines Chefs, wenn ich während seines Vortrags in den Konferenzraum stolpere. Ich nehme die nächste Bahn, zähle ungeduldig die Stationen und stürze endlich aus dem Zug. Es fängt an zu regnen. Auch das noch! Ich habe keinen Schirm dabei. Wozu habe ich mir heute Morgen die Haare geföhnt? Mit der Tasche über dem Kopf renne ich los. Zwecklos, denn es ist kurz vor neun und ich habe keine Chance, es zu schaffen. Auf dem Bürgersteig bilden sich erste Pfützen, denen ich ausweiche. Tropfen spritzen mir ins Gesicht. Ich versuche, mit meinen hohen Absätzen so schnell wie möglich an einer lärmenden Kindergruppe vorbeizukommen. Nur noch zwei Mädels muss ich überholen, dann habe ich den ganzen Weg für mich und kann ordentlich Gas geben.
Da höre ich eine von ihnen sagen:
»Cindy, wetten, ich bin genauso schnell wie die Frau?«
»Ich auch!«, ruft die andere und quietscht dabei vor Vergnügen.
Die beiden legen an Tempo zu. Wir bleiben auf gleicher Höhe und es gelingt mir nicht, die Mädchen abzuhängen. Sie kichern und grinsen mich an.
Dumme Gören, denke ich. Starre stur geradeaus und tue so, als hätte ich sie überhaupt

nicht bemerkt. Doch die zwei sind eifrig. Mit ausholenden Bewegungen halten sie Schritt und wir marschieren nun schon einige Minuten zu dritt nebeneinander. Meine Laune ist am Tiefpunkt. Erst die verpasste S-Bahn, dann der Regen und nun das hier. Solche Kindergarten-Mätzchen kann ich jetzt überhaupt nicht vertragen. Elender Montagmorgen!

Die beiden Mädchen dagegen scheinen jede Menge Spaß zu haben. Sie rennen neben mir her, lachen und kreischen vor Freude. Als ich kurz zu ihnen hinüberschaue, stutze ich.

Sie tun so, als hielten sie eine Aktentasche über ihre Köpfe, und laufen, als hätten sie Absatzschuhe an. Ich muss lachen. Ob ich wirklich so aussehe? Die beiden lachen zurück und fangen vor Freude an zu hüpfen. Jetzt lachen wir alle drei. Ihre Lebensfreude steckt mich an und plötzlich macht mir der Regen nichts mehr aus. Ich nehme die Tasche herunter und drehe mich einmal im Kreis. Die beiden Mädchen drehen sich mit mir und als ich wieder zu ihnen sehe, winken sie mir zu. Meine trüben Gedanken sind weg. Ich winke zurück und hüpfe ein paar Schritte. Sie kreischen vor Vergnügen und wir veranstalten einen lustigen Wettlauf bis zur nächsten Laterne. Bevor sich unsere Wege trennen, rufen sie mir fröhlich zu:

»Tschühüs!«

»Macht's gut ihr beiden und ... danke!«

»Danke?« Cindy schaut mich fragend an.

Ich bücke mich zu den beiden hinunter und flüstere: »Für euer Lachen. Ich habe jetzt gute Laune – ihr habt mich angesteckt.«

Sie grinsen über das ganze Gesicht und ich gebe jeder einen kleinen Stups auf die Nase. Als ich mich aufrichte, sehe ich das Bürohaus auf der anderen Straßenseite. Nun bin ich gestärkt, um diesen Tag durchzustehen.

Mai 2011, Thema: Dankbarkeit

Ausgeliefert

Ich habe Angst. Fühle mich klein und hilflos in den Fängen dieses Ungetüms. Natürlich weiß ich, es ist friedlich und würde niemandem mit Absicht etwas zuleide tun. Trotzdem bin ich hier gefangen. Ich kann nicht weg. Die Türen sind zugesperrt und ich muss darauf warten, was geschieht. In den letzten zwei Stunden, die ich bewegungslos sitzend auf demselben Fleck zugebracht habe, ist das Ungeheuer ruhig gewesen. Es brummt und scheint sich wohlzufühlen. Von mir und meiner Angst nimmt es keinerlei Notiz. Warum auch, verglichen mit ihm bin ich bloß ein Staubkorn. Ein Nichts. Insgeheim bewundere ich seine Schönheit. Wie leicht und schwerelos es trotz seiner gigantischen Größe dahingleiten kann. Die Sonne spiegelt sich in seinen unzähligen Augen und wenn man von außen genau hinsieht, kann man dahinter weitere Augen erkennen. Nur viel kleiner und von ganz unterschiedlicher Art. Da gibt es große und staunende Augen, schläfrige, fast geschlossene, gleichgültige und auch ängstliche Augen. Wie meine, die in erwartungsvoller Furcht erstarrt sind. Genau wie mein an den Sitz geschnallter Körper, den ich immer noch nicht bewegen kann.

Wie aus heiterem Himmel schüttelt sich das Ungetüm und macht einen Satz. Ich schreie und kralle mich an der Armlehne fest, denn es reißt mich mit sich. Das ist das Ende! Als ob ich es gewusst habe, gespürt vom allerersten Moment an. Geahnt in den letzten Stunden der Ruhe. Zwecklos zu kämpfen. Ich kann nichts dagegen tun. Oder doch? Ich sammle mich. Versuche, mich auf meinen Atem zu konzentrieren. Und auf einmal ist mir klar, ich habe nur eine Chance. Das Monster kann ich nicht besiegen, nur meine Angst vor ihm.

Mit geschlossenen Augen höre ich in mich hinein. In meinem Kopf rauscht es, der Puls rast. Ruhig atmen. Das tut mir gut.

Wie ein abgeschossener Vogel beginnt das Riesentier zu trudeln. Zumindest scheint es mir so. Schwachsinn. Reiß dich zusammen, denke ich.

Doch, jetzt neigt es sich. Ist ganz schief. Alles rast an mir vorbei. Atmen! Mein Körper streckt sich. Der Boden kommt näher. Viel zu schnell. Ich will nicht mehr! Meine Beherrschung ist dahin, ich fange an zu weinen. Die Tränen öffnen eine Schleuse in mir. Ein Damm bricht. In mir hat sich so viel angestaut. Alles will raus. Auch ich will raus. Endlich raus hier!

Jetzt gibt es einen Ruck. Das Ungeheuer bäumt sich noch einmal auf, dann knickt es ein und faucht. In meinen Ohren saust es. Ich fühle die Hand meiner Tochter auf dem Arm. Sie strahlt mich an: »Du hast es geschafft, Mami. Wir sind gelandet. Da draußen wartet New York auf uns!«

Juni 2011, Thema: Unterwegs

Rosarote Brille

Bei uns um die Ecke hat ein neuer Laden aufgemacht. Es ist ein Scherzartikelladen. Heute gab es eine Eröffnungsparty, zu der alle Anwohner eingeladen waren. Brigitte, die Ladeninhaberin, schenkte mir ein Glas Sekt ein und bot mir das Du an. Danach hatte ich Gelegenheit, in aller Ruhe die Auslagen in den Regalen zu bewundern. Furzkissen, krähende Wecker, sprechende Türschilder, Hundehaufen-Attrappen und Zauberkästen sind nur einige der Dinge, die Brigitte anbietet. Mein Blick blieb an einer rosaroten Brille hängen.

»Wenn du die aufsetzt, erscheint die Welt in völlig neuem Licht«, pries Brigitte ihre Ware an.

»Hilft die auch gegen den täglichen Wahnsinn?«, fragte ich.

Brigitte bejahte, und ich kaufte gleich zwei Brillen, da sie mir ein Rückgaberecht einräumte, sollten sie nicht funktionieren.

Am nächsten Morgen traf ich Robert, meinen unrasierten Ehemann, im Badezimmer. Die Pyjamajacke hing ihm halb aus der Hose, und er schimpfte, weil die Zahnpasta alle war. Ich setzte die rosarote Brille auf und lächelte ihn an.

Er stutzte einen Augenblick, dann lachte er ebenfalls.

»Was ist denn mit dir los?«, fragte er. »Willst du zum Karneval?«

»Nein«, antwortete ich und zog die zweite Brille hervor. »Ich habe etwas erworben, was uns das Leben leichter macht. Schau mal durch!«

Zweifelnd sah er mich an, dann nahm er die Brille und setzte sie auf.

Aus dem Spiegel blickten uns zwei völlig durchgeknallte Gestalten entgegen.

»Und?«, fragte ich. »Was ist mit der Zahnpasta?«

Robert wog die leere Tube in der Hand, dann warf er sie in den Mülleimer.

»Ich werde nachher eine neue mitbringen.«

Als ich das Wohnzimmer betrat, saß Jannis, unser Jüngster, bereits vor dem Fernseher. Er weiß genau, er soll vor der Schule nicht fernsehen. Ich spürte die Wut in mir aufsteigen und wollte ihm gerade eine Standpauke halten, als mir Robert die Hand auf die Schulter legte.

»Lass mich das machen«, sagte er, trat ans Sofa und schaltete das Gerät aus.

»Eh, Mensch, spinnst du?«, fauchte Jannis und sprang auf.

Da erblickte er die rosarote Brille auf der Nase seines Vaters und erstarrte. Als er sich von seiner Überraschung erholt hatte, fragte er: »Was soll'n der Quatsch?«

»Das ist eine Zauberbrille«, flüsterte Robert. »Wenn man die aufsetzt, verfliegt jeder Ärger.«

Jannis tippte sich an die Stirn und wollte in sein Zimmer verschwinden.

»Hilfst du mir beim Frühstückmachen, Jannis?«, rief ich aus der Küche.

Er blieb abrupt stehen, ballte die Fäuste und drehte sich langsam zu seinem Vater um. Mit dem Kopf nickte er zu der Brille.
»Papa, würdest du mir die kurz mal borgen?«

März 2012, Thema: Der tägliche Wahnsinn

Mutprobe

Heute ist Toms großer Tag. Alles ist bis ins kleinste Detail geplant. Es kann eigentlich nichts schiefgehen. Wenn nur die Nerven nicht versagen. Tom atmet tief durch und zählt leise vor sich hin, um sich zu beruhigen. Die anderen sind dabei, die Ausrüstung zu überprüfen. Von einer guten Ausrüstung hängt ihr Leben ab, darauf müssen sie sich absolut verlassen können.

Die Jungs sind fest entschlossen, den Überfall heute zu machen. Zweimal haben sie es schon versucht und jedes Mal hat einer von ihnen Schiss bekommen. Sobald das passiert, nützt auch der Mut der anderen nichts und alle müssen umkehren. Sie sind aufeinander angewiesen. Wie die Glieder einer Kette hängen sie zusammen. Tom fühlt, wie sein Herz rast. Er ist der Jüngste der Gruppe, und er möchte nicht, dass das Unternehmen seinetwegen scheitert. Angebettelt hat er seinen großen Bruder Mark, damit er ihn heute mitnimmt. Jetzt sind sie hier, und er weiß nicht, ob er seinen Entschluss bereuen soll. Was sie da vorhaben, ist gefährlich. Ein Überfall dieser Art ist nichts für Anfänger, hat Mark gesagt. Trotzdem glauben alle, dass Tom es schafft. Er muss sich nur überwinden. Nicht einen Augenblick darf er daran denken, was passieren könnte, wenn es schief geht. Das haben sie ihm eingetrichtert, und er versucht, seine Gedanken unter Kontrolle zu bringen.

Zuerst müssen sie klettern. Das ist nicht schwer. Tom blinzelt nach oben und beobachtet Bernd, der mit dem Seil voran-geht. Mark folgt und schließlich ist er an der Reihe. Jeder Handgriff sitzt, als sei er hundertmal geübt worden. Mühelos findet Tom Griffe und Tritte und zieht seinen Körper nach oben. Etwa in zwanzig Metern Höhe versperrt ihm eine massive Steinplatte die Sicht. Mark und Bernd warten dahinter auf ihn. Er weiß es, er spürt ihre Anwesenheit und ihre Aufregung. Jetzt kommt es darauf an. Er tastet sich noch einige Meter weiter, dann sieht er die Kluft. Nur nicht hinunterschauen, denkt er.

»Tom? Bis du angekommen?«, ruft Bernd hinter dem Felsen.

»Ja.« Seine Stimme klingt dünn hier oben. »Ich bin direkt davor.«

»Du weißt, was zu tun ist. Zögere nicht lange. Du schaffst das!«

Tom atmet tief ein, fixiert den Stein hinter der Kluft.

Es sind nur ein Meter fünfzig, hämmert es in seinem Kopf. Über eine Pfütze mit dieser Breite könnte er mühelos springen. Aber hier ist es anders. Hier gibt es einen zwanzig Meter tiefen Abgrund, der zu überwinden ist.

»Tom?«

Jetzt!

Er prüft ein letztes Mal das Seil, damit es sich nicht verhakt. Richtet sich auf, nimmt beide Arme nach vorn und lässt sich fallen. Erreicht den Fels gegenüber mit den Händen. Der Stein schürft seine Handflächen auf. Für wenige Sekunden schwebt sein Körper waagerecht über dem Felsspalt, dann stößt er sich mit den Beinen ab und ist drüben. Erst jetzt riskiert er einen Blick nach unten. Ihm wird schwindlig von der Höhe und schwindlig vor Freude. Wie eine Gazelle überwindet er die Steinplatte, die ihn noch von seinen Freunden trennt. Jubelnd fallen sie sich in die Arme.

»Du hast es geschafft, Tom! Wir haben es alle geschafft!«

Stolz tragen sie ihre Namen ins Gipfelbuch ein. Darüber schreibt Bernd in Bergsteiger-jargon: »Alter Weg mit Überfall«.

Mai 2012, Thema: Überfall

Verräterische Spuren

Immer wieder schaue ich unruhig aus dem Fenster. Leichte Flocken wirbeln vor der Scheibe, vollführen einen anmutigen Tanz und legen sich schließlich wie eine dichte Decke auf die Straße. Ich habe keine Zeit zum Schneeschieben, denn ich muss noch den Tisch decken, das Kaffeewasser aufsetzen und die Schlagsahne schlagen. Aus dem Backofen ziehen Duftschwaden, mein Käsekuchen darf heute nicht misslingen. Gleich kommen Lehmanns, unsere neuen Nachbarn, zu Besuch. Ich muss mich sputen. Der Kuchen soll sie milde stimmen. Milde gegen Winnie, unseren dicken roten Kater, der seit vielen Jahren über das Grundstück streift, auf dem sie jetzt gebaut haben. Er ist es gewohnt, dort seine Notdurft zu verrichten. Lehmanns mögen keine Katzen, das haben sie mir bereits gesagt. Sie wollen Winnie nicht auf ihrem Grundstück erwischen.

Der Kuchen soll sie versöhnen. Und wenn Winnie sie dann vom Sofa aus seinen grünen Augen anblinzelt, sich auf den Rücken rollt und schnurrt, dann werden sie ihm nicht böse sein können. Winnie beherrscht seine Rolle, da bin ich mir sicher. Bis jetzt hat er jeden für sich gewonnen, der uns besucht hat.

Ich stürze mich in die Hausarbeit und schaffe es gerade so, fertig zu sein, als es klingelt. Die Hände am Küchenhandtuch abwischend, atme ich durch und gehe zur Tür. Herr Lehmann überreicht mir einen Blumenstrauß, Frau Lehmann begrüßt mich herzlich. »Auf gute Nachbarschaft und danke für die Einladung!«

Nachdem die Blumen in der Vase auf dem Kaffeetisch stehen, veranstalte ich eine Führung durchs Haus. Zuletzt kommen wir zum Sofa, dem Lieblingsplatz von Winnie. Doch er ist nicht da.

Herr Lehmann steht am Fenster, schaut in den Garten und sagt: »Oh ha!«

Ich trete neben ihn. Unser Garten hat sich verwandelt. Stilles, unberührtes Weiß überall. Die Sträucher verziert mit glitzernden Kristallen. Mützchen auf den Wäschestangen.

»Da!«, sagt Herr Lehmann und deutet auf die Wiese, die zu seinem Grundstück führt.

Mir wird schlecht. Mitten auf dieser reinweißen, homogenen Fläche befinden sich kleine verräterische Pfotenabdrücke, die Winnie auf seinem Toilettengang im Schnee hinterlassen hat.

Ich fange an zu stottern, behaupte, dass Winnie sonst nicht ...

Da legt mir Frau Lehmann die Hand auf die Schulter.

»Machen Sie sich keine Sorgen, Frau Nachbarin. Ich habe im Internet gelesen, dass Katzen nicht nur Mäuse, sondern auch Maulwürfe jagen. Ihr Winnie ist uns jederzeit willkommen, nicht wahr, Karl-Heinz?«

Februar 2012, Thema: Auf leisen Pfoten

Die Brücke

Die Tür schließt sich, er ist weg. Das leise klackende Geräusch klingt in Gertruds Ohren nach. Das war es also. Es wird keine Feier geben. Sie starrt an die Zimmerdecke, blinzelt und versucht, die Tränen zu unterdrücken. Doch schon verschwimmt die Neonlampe vor ihren Augen und sie wischt sich über die Wange.

Über ein Jahr lang hat sie sich auf diese Feier gefreut. Alles vorbereitet, Hotelzimmer organisiert, das Menü zusammengestellt und die Gäste eingeladen. Sogar Angela, die verhasste Schwägerin, hat sie angerufen und eingeladen. Eine Goldene Hochzeit feiert man schließlich nur einmal im Leben. Wolfgang hatte sie bekniet und darum gebeten, seine Schwester nicht auszuschließen. ›Dieser Anlass könnte eine Brücke sein,‹ meinte er, ›auf der ihr euch beide ein Stück entgegengeht.‹ Gertrud war nicht wohl dabei gewesen. Sie konnte nicht vergessen, wie sehr Angela sie damals verletzt hatte. Nie wieder wollte sie die sehen. Es hatte große Überwindungskraft gekostet, schließlich nachzugeben.

Und jetzt das. Drei Tage vor dem Fest ist sie abends plötzlich zusammengebrochen und Wolfgang hat den Krankenwagen rufen müssen. Seitdem liegt sie in diesem Bett, kann sich kaum bewegen. Die Ärzte stellten alle möglichen Untersuchungen mit ihr an. Zuerst hatte sie Hoffnungen gehabt, dass sie für die Feier beurlaubt werden würde. Doch dann wurden ihre Blutwerte immer schlechter und die Stationsärztin hatte den Kopf geschüttelt.

»Es tut mir sehr leid, Frau Wiedemann, aber Sie dürfen das Krankenhaus nicht verlassen. Nicht mit diesen Werten.«

Gertrud hebt den Sauerstoffschlauch an, der ihr beim Atmen hilft, um die Tränen abzuwischen.

Bis zuletzt hatten sie beide gehofft. Noch vor zehn Minuten hatte ihr krankes Herz vor Aufregung bis zum Hals geschlagen. Doch dann kam das endgültige Nein. Wolfgang hatte sie umarmt und geflüstert: »Ich ruf schnell im Hotel an, damit die Gäste unterrichtet werden.« Mit schleppenden Schritten hatte er ihr Zimmer verlassen.

Jetzt liegt sie hier, ringt nach Luft und in ihrem Kopf pochen die Fragen: »Warum? Warum gerade ich? Warum gerade jetzt?«

Sie drückt den Knopf und lässt sich ein Beruhigungsmittel geben.

Eine ganze Weile scheint sie geschlafen zu haben, als die Tür aufgestoßen wird. Sie öffnet die Augen und sieht in Angelas lächelndes Gesicht.

»Ich habe mich so sehr über deine Einladung gefreut«, sagt sie mit belegter Stimme, »ich kann jetzt unmöglich abreisen!«

Gertrud hebt erstaunt den Kopf. »Wie meinst du das?«, flüstert sie.

Angela setzt sich auf den Bettrand und nimmt ihre Hand.

»Ich habe mit der Stationsärztin gesprochen. Du darfst zwar das Krankenhaus nicht verlassen, aber gegen eine kleine Feierstunde in der Cafeteria hat sie nichts einzuwenden.«

Erst jetzt sieht Gertrud Wolfgang hinter seiner Schwester stehen. Er schiebt einen Rollstuhl an ihr Bett, auf dem eine Sauerstoffflasche liegt. Er beugt sich zu ihr herunter und küsst sie auf die Stirn.

»Meine Goldbraut, darf ich dich bitten mich zu begleiten? Angela hat alles organisiert. Die Tafel ist gedeckt und die Gäste warten nur noch auf dich.«

Jetzt kann sie die Tränen nicht mehr zurückhalten. Aber diesmal sind es Tränen des Glücks.

Juli 2012, Thema: Brücke

Angst

Da ist es wieder, dieses Rauschen, Dröhnen und Pfeifen. Es klingt mir in den Ohren und vibriert in meinem Kopf. Niemandem außer mir tut dieses Geräusch so weh. Alle tun, als hörten sie es nicht. Doch bei mir trifft es den Nerv und schmerzt in meiner Seele. Ich möchte es ignorieren, so wie die anderen, aber es gelingt mir nicht. Wenn der Zenit überschritten ist, wird es leiser, bis es ganz und gar in der Ferne verhallt. Dann ist Stille. Nur die Vögel zwitschern und im Garten nebenan bellt der Hund. Ich atme tief durch und fahre fort, Äpfel aufzusammeln, die der Wind vom Baum geweht hat. Doch schon nach wenigen Minuten kommt es wieder. Wie ein Feind schleicht es sich an. Ein kaum wahrnehmbarer Ton, wie von einem Insekt, der schnell lauter wird und zu einem immensen Dröhnen anschwillt.

»Hört ihr das denn gar nicht?«, möchte ich schreien. »Seid ihr wirklich so taub?«

Ich habe Angst, dass dieses Geräusch schon bald mein Leben zerstört. Für immer. Nichts wird mehr sein, wie vorher. Der Garten, der Wald und der See – permanent eingehüllt in dieses Fauchen und Rauschen. Wie soll ich die Natur und die Heimat, die ich liebe, dann noch genießen?

Ich schiebe den Gedanken weg und wende mich wieder den Äpfeln zu. Sehe sie orangegelb in der Sonne leuchten. Atme die feuchte frische Luft. Spüre, wie der Wind meine Wangen streichelt. Als wolle er mich beruhigen.

Mir sagen, ich solle mir keine Sorgen machen. Noch ist es auszuhalten. Es gibt Zeiten der Ruhe, die ich nutzen kann. Vielleicht wird es später auch so sein. Abwarten. Es ist zu früh, sich schon jetzt fertig zu machen. Carpe diem!

Ich klaube die Äpfel aus der Wiese und einer fällt vom Baum direkt auf meinen Rücken. Au! Das tat weh. Böse schaue ich nach oben. Dann nehme ich drei Früchte aus dem Eimer und versuche, damit zu jonglieren. Früher hat das ganz gut geklappt. Ob ich es noch kann? Die Äpfel tanzen vor meinem Gesicht und es ist, als könne ich sie mit meinem Blick in der Luft halten. Ich bin hoch konzentriert. Das Fauchen nehme ich kaum noch wahr.

Abends höre ich im Radio: Die Eröffnung des neuen Flughafens Berlin-Brandenburg ist bis zum Herbst 2013 verschoben. Ich jubele und tanze. Damit gewinne ich ein ganzes Jahr. Zwölf Monate! Ich werde sie ausfüllen und freue mich darüber, während die Politiker schimpfen.

September 2012, Thema: Rauschen

Kosmetik

Ich schaue in den Spiegel und sehe ein Trugbild. Das bin nicht ich.

Meine Haut ist rosig und glatt. Die Falten an Stirn und Augen sind verschwunden, die Augen strahlen. Massage, Peeling, eine Gesichtsmaske haben die Verwandlung eingeleitet und Wimperntusche, Lidschatten und Lippenstift haben sie vollendet.

»Sie sehen zehn Jahre jünger aus«, sagt die Kosmetikerin stolz.

Immer noch starre ich in den Spiegel. Kann es nicht glauben. Eine Fremde sieht mir entgegen. Eine hübsche junge Frau, der alle Möglichkeiten offenstehen. Es fehlt ihr nur noch das passende Kostüm, die Aktentasche und der Terminkalender. Zehn Jahre jünger in anderthalb Stunden. Perfekt für das Bewerbungsgespräch, zu dem ich heute eingeladen bin. Ich sollte dort gleich den Chefposten anvisieren.

Um zu zahlen, muss ich durch den angrenzenden Frisiersalon. Bewundernde Worte, Applaus von allen Seiten. Schnell reiche ich meine EC-Karte über den Tresen, bedanke mich und verlasse das Geschäft.

Im Auto sitze ich wie gelähmt. Kann nicht starten. Ich habe den Rückspiegel zu mir gedreht und schaue in das Gesicht einer fremden Frau. Mag sein, dass sie jung und hübsch aussieht. Aber innerlich ist sie gealtert. In anderthalb Stunden mindestens zehn Jahre. Alle Natürlichkeit übertüncht mit Creme und Schminke.

Ich wische mir mit einem Papiertaschentuch den Lippenstift ab und erkenne darunter meinen eigenen Mund. Auch die Falten kommen wieder zum Vorschein. Sie geben mir zwar nicht meine Jugend, dafür aber die Zufriedenheit zurück. Entweder die Firma nimmt mich so, wie ich bin, oder sie sollen es bleiben lassen. Für den neuen Job werde ich mich nicht verbiegen und mein wahres Ich hinter einer Maske verstecken.

Die Vision der Verjüngung verschwindet im Spiegel. Sie war nur oberflächlich.

April 2013, Thema: Vision

Schreiben gegen die Zeit

Feierabend. Ich bin müde und ausgelaugt vom Tag. Dann noch der Termin. Ich treffe mich mit Menschen, die ich noch nie gesehen habe, im Internet. Schreibfreudige Mitglieder einer Forengemeinschaft. Jede Woche um dieselbe Zeit entsteht eine Geschichte in einer Stunde. Thema bis dato unbekannt. So viel Druck! Sollte ich es anpacken oder bleibenlassen?

Die innere Stimme sagt: »Lass es sein!«

Mein Verstand sträubt sich dagegen. Er weiß, ich kann es schaffen. Bisher habe ich es immer geschafft, ich muss es nur wollen. Aber will ich es denn?

Viel bequemer wäre es doch, die Füße hochzulegen und ein schönes Buch zu lesen. Wenn ich absage, schreiben die anderen eben ohne mich. Warum soll ich mich quälen? In mir ist eine große Leere. Da gibt es nichts, was unbedingt gesagt oder getan werden muss. Ausruhen, ich möchte mich ausruhen von diesem Tag.

Und doch treibt mich etwas an. Ich bin unruhig, kann mich nicht hinlegen. Mein Ehrgeiz hindert mich daran. Die Gedanken kreisen. Verstand und Gefühl. Kopf und Herz. Wollen und Müssen. Das ist es. Ich klappe den Laptop auf und beginne zu schreiben. Meine Finger klappern über die Tasten. Die Zweifel vergehen. Ich will, weil ich muss. Oder muss ich, weil ich will?

November 2013, Thema: Zwiespalt

Kettenreaktion

Nur Trümmer. Wohin ich auch sehe. Angefangen hat alles mit der großen Vase, die mir aus der Hand fiel. Genau auf die Legoburg unseres Jüngsten. Der veranstaltet ein Höllenspektakel, als sei die ganze Welt eingestürzt. Mein Mann ist blass, die Vase war das Hochzeitsgeschenk seiner Mutter. Ich versuche, die Situation zu retten. Die Vase war sowieso hässlich und es wird Zeit, mit Lego mal etwas Neues zu bauen. Zusammen räumen wir die Bausteine ein und fegen die Scherben zusammen. Da bemerke ich den Sprung in der Fußbodenfliese. Jetzt werde ich wütend.

»Wenn ich immer alles allein aufräumen muss und sieben Sachen gleichzeitig in den Händen habe, dann kann schon mal was runterfallen.«

»Niemand verlangt, dass du ständig alles aufräumst«, raunzt mein Mann. »Du konntest die Vase noch nie leiden. Vielleicht hast du sie absichtlich fallen lassen!«

Ich fühle, wir mir das Blut in den Schläfen pocht. Dass er mir das zutraut!

»Mama! Ich will nichts Neues bauen. Lego ist blöd!«

Na prima. Mit der Vase, der Burg und dem Fußboden ist nun auch die Legoleidenschaft unseres Sohnes und unsere Ehe zersplittert. Alles kaputt.

Es klingelt an der Tür. Kathi will mich zur Chorprobe abholen. Schnell schlüpfe ich in Schuhe und Jacke. Singen hat bisher immer geholfen. Mit Musik lässt sich viel reparieren. Vielleicht nicht die Vase, aber die Seele.

September 2014, Thema: Trümmer

Mord nach Anleitung

Endlich bin ich sie los. Ich habe sie getötet. Langsam, Schritt für Schritt. Dreimal täglich, immer um die gleiche Zeit, habe ich das Gift gemischt. Mir war wichtig, dass ich keinen Fehler mache und es gründlich tue. Ganz genau nach Anleitung. Damit nichts schiefgeht. Es durfte nicht die geringste Überlebenschance für sie geben. Seit sie weg ist, kann ich wieder atmen. Leben. Alles tun, worauf ich Lust habe und nach Herzenslust essen. Sogar Eisbein. Ich fühle mich befreit. Sie hält mich nicht mehr gefangen und ich gehe auch endlich wieder joggen. Das Joggen hat sie besonders gehasst. Solange sie bei mir war, hat sie gewusst, es zu verhindern. Ich laufe, lache und werfe die Arme in die Luft. Auf dem Sandweg mache ich eine Pause, bücke mich und male mit dem Finger ein Kreuz in den Staub. Darunter schreibe ich ihren Namen: ANGINA.

September 2014, Thema: Todesanzeige

Der Mond

Ihr ging das alles auf die Nerven. Diese Hast. Diese ständige Geschäftigkeit. Dieses Gerenne. Morgens, mittags, abends. Tagein, tagaus. Es war immer das Gleiche. Sie wollte das nicht mehr. Kam nur noch nachts dazu, sich zu entspannen. So wie jetzt. Heimlich hatte sie sich davongeschlichen und saß auf einem Stein zwischen den hohen Tannen. Es war still. Kein Lüftchen wehte und die ganze Siedlung hinter ihr schien zu schlafen. Am sternenklaren Himmel stand der Mond. Sie liebte den Mond. Er strahlte das aus, was sie in der Gemeinschaft, in der sie lebte, vermisste: unendliche Ruhe. Er hatte Zeit. Unbegrenzt. Jahrhunderte, Jahrtausende und noch viel mehr. Jeden Monat einmal, wenn er voll war und sie Glück hatte, gaben die Wolken den Blick frei. Dann schaute sie zu ihm hoch und las in seinem Gesicht. Es schien, als wolle er ihr etwas zurufen und war dabei erstarrt. Sie lauschte. Vielleicht musste sie warten, um ihn zu hören. Wenn sie ihn lange genug beobachtete, konnte sie sehen, wie er sich bewegte. Mit einer beneidenswerten Langsamkeit verfolgte er seinen Weg und stieg bis über die Wipfel der Tannen. Ohne dabei sein Gesicht zu verändern. Seine Augen waren rund und groß. Nicht ein Zwinkern störte die Ruhe seines Blickes. Wenn sie durch die Siedlung hetzte und ihre Aufgaben erledigte, flatterten ihre Lider und ihr Blick jagte umher. Sein Mund war zu einem großen »O« geformt. Nicht zusammengepresst wie ihre Lippen. Es konnte sein, dass er sang. Sie könnte es auch einmal versuchen. Obwohl sie ihn nicht hörte, begann sie zu summen. Und plötzlich hatte sie das Gefühl, eins mit ihm zu sein. Sie schaute ihn an und fühlte, wie sich der tiefe beruhigende Ton in ihr ausbreitete. Gern wäre sie dem Mond gefolgt, auf seinem gemächlichen Weg über den Himmel. Aber sie wusste, es war nicht ihre Bestimmung. Ihr Platz war in der Gemeinschaft. Sie wurde dort gebraucht. Aber diesen Ton würde sie mitnehmen. Und schon morgen würde sie innehalten, um ihn zu spüren.

Dezember 2014, Thema: Ameisen

Der Pilot

Es ist kurz vor Ladenschluss. Cora hat bereits alle Tageseinnahmen in den Computer eingegeben und ist gerade dabei, die Lottoscheine zu sortieren, als mit einem lauten Knall die Tür auffliegt. Cora zuckt zusammen. Ein Lottoschein wird durch den Luftzug aufgewirbelt und segelt vom Tresen auf den Eintretenden zu.

»Schönen guten Abend, Fräulein«, begrüßt er sie und bückt sich nach dem Papier. Interessiert studiert er die angekreuzten Zahlen.

Sie will etwas entgegnen, ihm den Zettel aus der Hand nehmen, aber sie ist wie gelähmt.

Vor ihr steht ein gut aussehender Mann, groß, schlank, dunkelhaarig, vielleicht Mitte 40. Allein das würde schon reichen, sie aus dem Konzept zu bringen. Doch er trägt die Uniform eines Piloten der Lufthansa.

»Guten Abend.« Sie versucht, sich zusammenzureißen. »Wie kann ich Ihnen behilflich sein?«

Er sieht sie an, reicht ihr den Lottoschein und lächelt. Seine ebenmäßigen Zähne sind so weiß wie sein Hemd. »Einmal 6 aus 49 mit genau dieser Zahlenfolge!«

Erstaunt nimmt sie ihm den Tippschein ab. »Machen Sie das immer so?«

»Ja. Ich mache immer viel Wind, wenn Sie das meinen.«

Cora spürt, wie sie errötet. »Ich meine die Zahlen. Haben Sie keine eigene Kombination, die Sie tippen wollen?«

Sein Lächeln wird breiter. »Vielleicht hat mir das Glück gerade diese hier vor die Füße geweht.«

Schnell sucht Cora einen Blankoschein heraus und beginnt, die Zahlen für ihn einzutragen.

Was mache ich hier eigentlich?, überlegt sie. Alle anderen Kunden füllen ihre Lottoscheine allein aus. Wohin würde es führen, wenn sie es für jeden Einzelnen täte? Allerdings, schmunzelt sie in sich hinein, sind die anderen ja auch keine Piloten und haben nicht so ein umwerfendes Lächeln wie er.

Während sie schreibt, ist er zur Seite getreten, um die Ankündigungen auf den Konzertplakaten zu lesen. Coras Blick fällt auf seine Schuhe. Sie reißt die Augen auf, als hätte sie einen Teelöffel Salz geschluckt. Zur tadellos gebügelten Uniformhose trägt er blassgelbe, ausgelatschte Sportschuhe.

Als er ihr Entsetzen bemerkt, lacht er wieder. »Leider hatten sie beim Kostümverleih keine passenden Schuhe. Ich bin auf dem Weg zum Karneval. Vielleicht haben Sie Lust, mich zu begleiten? Ich könnte noch eine Stewardess gebrauchen.«

Februar 2015: Salz, Lotto, Uniform, Begrüßung, Zahn

Besuchszeit

Im Krankenhaus ist Besuchszeit. Elfriede hat sich zwei Stück Kuchen aufs Zimmer geholt und ihn mit zwei Tassen Tee auf dem kleinen Tisch am Fenster bereitgestellt. Schnell noch den Blumenstrauß in die Mitte. Jetzt kann Jochen kommen. Sie freut sich so auf ihn.

»Mein Jochen ist Rechtsanwalt«, hatte sie ihrer Zimmergenossin stolz erzählt. Doch die hatte nicht geantwortet, sondern nur gestöhnt. Auch jetzt stöhnt sie wieder. Liegt den ganzen Tag im Bett und jammert. Tapfer versucht Elfriede das auszublenden und schaut aus dem Fenster auf die Hauswand gegenüber. Ob Jochen noch nach einem Parkplatz sucht?

In den letzten sechs Monaten hat sie ihn nur einmal gesehen. Das auch nur, weil ihr Fernseher kaputtgegangen war. Er hatte ihr einen neuen gebracht und gesagt, dass heutzutage alte Geräte nicht mehr repariert werden. Verrückte Zeiten waren das. Zum Dank hatte sie damals Kartoffelsuppe für Jochen gekocht. Doch der musste gleich wieder weg. Sein Beruf und die Familie spannten ihn sehr ein. Der arme Junge. Immer in Eile, immer im Stress. Aber seit sie im Krankenhaus war, kam er sie jeden Tag besuchen. Das rechnete sie ihm hoch an. Sie genoss seine Besuche. Wenn sie auch kurz waren, so konnten sie wenigstens zusammen Tee trinken und Kuchen essen und sie erfuhr etwas von ihren Enkelkindern. Die waren auch sehr beschäftigt.

Klavierunterricht, Schwimmtraining und jetzt trug Fabian sogar Zeitungen aus, um sich sein Taschengeld aufzubessern. Da blieb natürlich nicht viel Zeit übrig. Schon gar nicht, um Oma zu besuchen.

Aber gestern hatten beide Enkelkinder an ihrem Bett gesessen und ihr sogar ein Bild gemalt.

»Damit du bald wieder gesund wirst«, hatte Fabian gesagt. Der kleine Schatz. Das Bild stand auf ihrem Nachttisch und zeigte das Meer mit der aufgehenden Sonne. Das letzte Bild hatte ihr Fabian gemalt, als er noch in die KITA ging. Lange her.

Elfriede zuckt zusammen, als sich die Tür öffnet und Jochen zusammen mit Dr. Steffens das Krankenzimmer betritt. Jochen sieht kreideweiß aus. Er geht zum Tisch, nimmt ihre Hand und drückt ihr zärtlich einen Kuss darauf.

»Was ist los, mein Junge?«, fragt sie.

»Ich habe mit Dr. Steffens gesprochen«, antwortet er und hält ihre Hand fest.

Elfriede spürt, wie ihr übel wird, und schaut den Arzt mit großen Augen an. »Steht es sehr schlimm mit mir, Herr Doktor?« Ihre Stimme ist rau und kaum mehr als ein Flüstern.

Dr. Steffens nickt. »Ich habe Ihrem Sohn die genaue Diagnose mitgeteilt.«

Ängstlich sieht Elfriede ihren Jochen an. Weiß er mehr als sie? Sie strafft die Schultern und räuspert sich. »Was ist es? Heraus mit der Sprache. Ich will es wissen!«

Jochen drückt ihre Hand noch fester. »Dein Herz ist kerngesund, Mutti.«

Ein dicker Kloß steckt in ihrem Hals und Hilfe suchend sieht sie Dr. Steffens an. »Was ist es dann?«

Der Arzt nimmt die Brille ab. »Es ist die Einsamkeit, Frau Schulze. Die hat Sie hierhergeführt.«

Jochen hält ihre Hand und schweigt.

Februar 2015, Thema: Schmerzen

Helden im Garten

Muss das wirklich sein? Ich denke, das ist so ein Männerding. Genau wie Grillen und Rasenmähen. Naja, es ist fast wie Rasenmähen. Nur schlimmer. Und es fällt meinem lieben Robert immer ein, wenn es Frühling wird. Eigentlich fällt es ihm nicht ein. Er hört es bei Uwe, unserem Nachbarn. Sobald die ersten warmen Sonnenstrahlen die Vögel zum Zwitschern bringen und die Natur erwacht, dann wirft Uwe den Motor an und tut es. Mein Robert bekommt einen starren Blick und einen langen Hals, dann rennt er hinaus und schaut über den Zaun.

»Grüß dich, Uwe«, schreit er in den Lärm. Augenblicklich verstummt der Motor und die Männer begegnen sich an der Ligusterhecke. Mit geblähter Brust geben sie sich die Hand.

»So ein Zufall«, sagt Robert. »Das wollte ich auch gerade tun.«

»Wird ja auch Zeit«, antwortet Uwe und Robert hastet in den Keller, um seine Maschine zu holen. Glücklicherweise benutzt er sie nur einmal im Jahr.

Bald dröhnen zwei Motoren und ich sehe genervt vom Pflanzkübel auf, in den ich die Stiefmütterchen einsetzen will. Der Lärm hat die Vögel vertrieben, die Frühlingsidylle zerstört und der Garten mit seinen Krokussen und Schneeglöckchen ist nicht länger Paradies, sondern Hölle. Mir tut der Kopf weh. Gern würde ich mir die Ohren zuhalten, doch meine Finger sind schwarz und voller Erde.

Ich beschließe, eine Pause zu machen, und flüchte ins Haus.

Nach zwei Stunden kommt Robert schweißgebadet, aber glücklich ins Zimmer und sagt nur ein Wort: »Fertig!«

Ich weiß, was das bedeutet. Jetzt muss ich mit ran. Ich ziehe wieder die Arbeitsschuhe und die alte Jacke an und trete hinaus. Der Anblick, der sich mir bietet, schockiert mich jedes Mal, wenn Robert mit der Höllenmaschine gewütet hat. Dort, wo vorher noch Rasen war, ist nur noch Dreck und Erde. Trockene Halme und Moos liegen verteilt im ganzen Garten. Ich knirsche mit den Zähnen und gehe den Laubkratzer holen. Es dauert nicht lange, und wir haben gemeinsam den ersten Haufen zusammengeharkt. Einer plötzlichen Eingebung folgend, greife ich in das Moos und werfe Robert eine Handvoll davon ins Gesicht. Er schimpft und niest. Dann wirft er eine Ladung zurück, die sich in meinem Haar verteilt. Meine Wut schwindet, wir veranstalten eine herrliche Moosschlacht und lassen es regnen. Danach sehen wir aus wie Waldgeister.

Schließlich stützt sich Robert schwer atmend auf seine Harke und fragt: »Warum tun wir das?«

»Weil die Menschheit diesen blöden Vertikutierer erfunden hat«, antworte ich und schubse Robert lachend auf die Wiese. Zumindest in das, was davon noch übrig ist.

März 2015: Kopf, Frühling, Paradies, Begegnung, Wort

Eiersalat

Heute geht es um alles, Frau Hoffmann«, sagt der Chef und rückt seine Krawatte zurecht.

Claudia nickt beflissen. Seit Tagen gibt es kein anderes Thema im Büro, als den Besuch der hohen Herren von der Bank. Es geht um Geld. Um viel Geld. Claudia weiß das und hat alles organisiert. Der Kaffee ist gekocht, Wasser und Saft stehen im Konferenzraum bereit. Tassen und Gläser hat sie auf Servietteninseln in der Mitte des achteckigen Beratungstisches drapiert.

Schnell noch mal verschwinden und den Lippenstift nachziehen. Perfekt. Sie schaut auf die Uhr. Noch zehn Minuten. Wo bleiben die belegten Brötchen? Sie müssten längst da sein.

Da klopft es an der Tür und Claudia öffnet hastig. Der Bäckerlehrling trägt zwei silberne Tabletts. »Wohin?«

»Kommen Sie!«, sagt Claudia und weist ihm den Weg in den Konferenzraum. Gemeinsam entfernen sie die Silberfolie vom ersten Tablett. Camembert, Räucherschinken und Lachsbrötchen.

»Sehr gut«, lobt Claudia und stellt die Platte auf den Beratungstisch.

Unter der Folie des zweiten Tabletts kommen Brötchen mit Fleisch- und Eiersalat zum Vorschein. Nicht jedermanns Sache. Aber gut.

»Das stellen Sie am besten dort auf den Aktenschrank.«

Der Lehrling trägt das Tablett an den besagten Ort und verlässt eilig das Büro.

»Alles klar, Frau Hoffmann?«, fragt der Chef und erscheint mit seinem Laptop und einem Aktenordner im Konferenzraum.

»Selbstverständlich, Herr Möller.«

»Mhm, das sieht ja lecker aus. So ein Frühstück lockert immer die Atmosphäre auf. Das kann für uns heute sehr wichtig sein, Frau Hoffmann.« Er klappt seinen Laptop auf und legt die Unterlagen bereit.

Wenig später ist es dann so weit. Claudia führt drei Herren mit ernsten Gesichtern und dunklen Anzügen in den Konferenzraum. Herr Möller begrüßt jeden von ihnen mit festem Handschlag und die Herren nennen ihre Namen. Einer von ihnen kommt auf Claudia zu und fragt: »Hätten Sie vielleicht etwas zum Schreiben für mich?«

Wie dumm von ihr! Warum hat sie nicht gleich daran gedacht? Die mit dem Firmenlogo bedruckten Werbeblöcke gehören doch mit auf den Tisch. Während sich die Herren setzen, eilt Claudia zum Aktenschrank und lässt das Rollo nach oben gleiten, um die Blöcke zu entnehmen. Dabei stößt das Rollo an das Tablett. Die belegten Brötchen fallen herunter. Fleischsalat und Eiersalat verteilen sich auf dem Teppichboden und auf Claudias Hosenanzug. Sie steht wie erstarrt und auch ihr Chef schaut, als sei die Zeit in diesem Augenblick stehengeblieben. Nach etlichen Sekunden, in denen sie spürt, wie das Blut in ihre Wangen schießt, verlässt Claudia den Raum und schließt sich auf der Toilette ein. Ein heftiger Weinkrampf schüttelt sie und verzweifelt versucht sie, ihre Hose mit dem Handtuch zu säubern. Dann atmet sie tief durch. Flucht ist nicht der richtige Weg, sagt sie sich. Sie nimmt das Handtuch und betritt mutig den Konferenzraum.

Dort sieht sie die drei Herren und ihren Chef auf dem Boden. Sie knien in ihren Anzügen auf allen vieren und sammeln die Brötchen auf. Claudia ahnt, dass sie dieses Bild ihr Leben lang im Kopf behalten wird.

März 2015, Thema: Unangenehme Situation

Aprilwetter

Verschlafen recke ich mich und schalte den Radiowecker aus. Die Nachrichten sind wie immer nicht die besten und der Wetterbericht lässt auch zu wünschen übrig. Schade. Heute habe ich mir frei genommen, um den Garten aus dem Winterschlaf zu holen. Blätter harken, Beete jäten, Sträucher schneiden – bei 10 Grad und vereinzelten starken Schauern. So ein Mist. Natürlich weiß ich, es ist alles eine Frage der richtigen Kleidung. Warme Sachen habe ich genug zum Anziehen. Aber ich muss mich mächtig überwinden, meine müden Glieder aus dem Bett zu heben. Dann schüttle ich die Kissen auf, streiche das Laken glatt und ziehe die Rollos hoch. Nieselregen und heftiger Wind. Womit habe ich das nur verdient?

Beim Zähneputzen schaue ich in den Spiegel und erschrecke. Bin das wirklich ich? Das Gesicht ist zerfurcht, die beiden Falten an meinen Mundwinkeln zeigen nach unten und die Haare stehen wie Korkenzieher vom Kopf und schimmern silbergrau. Meine Friseurin hat mich überredet, Strähnchen färben zu lassen. Die würden mich jünger aussehen lassen. Die dumme Gans. Von Silbergrau war keine Rede. Aber was soll's. Bei diesem Wetter ist es sowieso egal, wie ich aussehe.

Als ich endlich mit Harke, Grubber und Gartenschere bewaffnet im Garten stehe, hat der Regen aufgehört. Es ist noch windig, aber beim Harken komme ich ins Schwitzen. Schnell ist ein stattlicher Haufen mit trockenen Blättern und Zweigen entstanden und ich muss mich beeilen, alles in den Laubsack zu stopfen. Schon ziehen wieder dunkle Wolken auf. Als es zu hageln beginnt, flüchte ich mich unter die Abdeckung der Hollywoodschaukel. Ich mache es mir auf den Kissen bequem und schaue durch die Folie, wie es dicke Eiskörner regnet. Es prasselt laut und unwillkürlich muss ich an unsere verregneten Camping-ausflüge denken. Eingemummelt in die Schlafsäcke haben wir damals Karten ge-spielt. Ein Lächeln breitet sich in mir aus. Ich ziehe die Knie an den Körper und beobachte das Schauspiel. Bald schon hat der Wind die Wolken vertrieben, der Hagel wird schwächer und hört schließlich ganz auf. Der Himmel ist blau und die Sonne scheint. Zeit für die Beete. Die Tulpen blühen und ich sehe erste Triebe an den Rosenstöcken. Es ist, als könne ich durch das Jäten dem frischen Grün beim Wachsen helfen. Gerade bin ich beim Schnei-den der Sträucher, als es wieder zu regnen beginnt. Dieses Mal freue ich mich und schlüpfe mit einer Tasse Kaffee und einem Schoko-Osterhasen unter die Plane der Hol-lywoodschaukel. Wie herrlich es trommelt! Ich frohlocke. Wie schön ist doch ein Urlaubs-tag im April.

Abends stehe ich wieder vor dem Spiegel und sehe meine vom Wetter geröteten Wangen. An den Augen sind unzählige kleine Lachfält-chen. Ich forme einen Kussmund und danke meiner Friseurin. Sie hatte recht. Die Strähn-chen lassen mich wirklich jünger erscheinen.

April 2015: Bettlaken, Haare, silbern und frohlocken

Warten

Eva hat alles, um glücklich zu sein. Ein Haus mit Garten, zwei gesunde Kinder, die nun beide im Ausland studieren, und Mario, der alles für sie tun würde. Mit Mario ist sie jetzt schon – Moment, sie muss kurz nachrechnen – 23 Jahre glücklich verheiratet. Großer Gott! In zwei Jahren würden sie Silberhochzeit feiern! Ist die Zeit wirklich so schnell vergangen? Sie denkt zurück. An die Kinder, als sie noch klein waren, die gemeinsamen Urlaubsreisen, die Grillpartys mit den Nachbarn und die vielen schönen Erlebnisse. Seit die Kinder aus dem Haus sind, hat sich Evas Leben verändert. Es ist stiller geworden. Sie wacht morgens auf und überlegt. Gibt es heute etwas, worauf sie sich freuen kann? Etwas Besonderes? Mario macht Frühstück – wie jeden Tag. Sie liebt den Geruch von frischen Brötchen und Kaffee. Sie liebt Mario. Sie essen gemeinsam und tauschen sich über das Wetter oder den Garten aus. Dann verabschiedet sie sich von Mario mit einem Kuss und fährt ins Büro. In der Buchhaltung eines großen Immobilienunternehmens hat sie jeden Tag mit Zahlen zu tun. Es sind immer andere Zahlen, aber eben nur Zahlen. Nichts weiter. In der Mittagspause erzählen die Kolleginnen meist von ihren Shoppingerlebnissen. Kein Thema, das Eva wirklich interessiert. Wenn sie gegen siebzehn Uhr nach Hause kommt, sitzt Mario noch am Schreibtisch. Er arbeitet zu Hause. Ist unabhängig und flexibel. Eva gießt die Blumen und das

Gemüse in den Beeten, grüßt den Nachbarn über die Hecke und füttert die Katze. Dann setzt sie sich allein auf die Terrasse und wartet. Auf eine Überraschung.

April 2015, Thema: Überraschung

Schneeweißchen und Rosenrot

Sie ist stolz und schön.

Jedes Jahr im April ist sie der Mittelpunkt unserer Siedlung. Die Nachbarn kommen und bewundern sie. Anwohner stecken die Köpfe aus den Fenstern und können sich nicht satt-sehen an ihr. Selbst der Postbote bleibt ste-hen und pfeift leise zwischen den Zähnen.

Und ich? Ich stehe keine zehn Meter entfernt von ihr hinter der Hecke, aber mich sieht nie-mand. Was hat sie, das ich nicht habe? Prall gefüllte rosa Blüten, mehrere an jedem Stän-gel. Von Weitem schaut sie aus wie eine dicke rosarote Zuckerwattewolke. Selbst die Kinder sind begeistert von ihr. Die kleineren tanzen um ihren Stamm, die größeren machen Sel-fies mit ihrem Handy und werden dafür von den Klassenkameraden bewundert.

Mich hat noch niemand fotografiert. In kei-nem Jahr. Obwohl ich zur gleichen Zeit blühe wie sie und die Bienen mich mehr lieben. Sie summen in meinen Zweigen und sammeln den Nektar, doch niemand bemerkt es. Wahr-scheinlich sind meine Blüten zu zart und zu vereinzelt. Vielleicht liegt es auch an der wei-ßen Farbe. Zu unscheinbar.

Aber jedes Jahr im Sommer, wenn ihre und meine Blüten längst abgefallen sind und uns ein grünes wogendes Blätterkleid schmückt, dann stehle ich ihr die Show. Dann ist meine Zeit gekommen. Alle Nachbarn, die Kinder und sogar die Vögel kommen zu mir und wol-len meine Früchte kosten. Sie sind prall, rot und zuckersüß. Ich werde umringt und gelobt und sie steht abseits hinter der Hecke. Niemand beachtet sie, denn sie trägt keine Früchte. Nie. Dafür ist Madam sich zu schade. Denn sie ist nur eine Zierkirsche.

Januar 2016, Thema: Kirschbaum

Midlife-Crisis

Die Wohnung – zu klein.
Der Ehemann – langweilig.
Die Kinder – nervig.
Die Arbeit – stressig.
Sie selbst – lustlos und leer.
In ihr, an ihr und um sie herum herrschte Dunkelheit. Ihre Gedanken, ihr Gesicht, die Kleidung und selbst die Menschen, mit denen sie täglich zu tun hatte, waren düster.
Sie sehnte sich nach einem Licht, auf das sie zugehen konnte. Eine Laterne, die jemand hielt und ihr den Weg wies. Aber so sehr sie auch Ausschau hielt, wartete und hoffte, es gab nicht einmal ein Glimmen. Nicht den kleinsten Funken. Nur Asche im täglichen Trott. Erloschene Lebenslust.
Geblieben war ihr nur eine einzige Freude. Das Lesen abends im Bett. Dabei floh sie in ferne Welten. Segelte über Meere, ritt auf wilden Pferden, kämpfte gegen Dämonen und liebte den Prinzen. Aber die Geschichten waren bald aufgebraucht und ihr fehlte die Kraft, nach neuen zu suchen.
Nur ein einziges unscheinbares Buch lag noch auf ihrem Nachttisch. Es hieß »Sorge dich nicht, lebe!« Sie wusste nicht, wer es ihr hingelegt hatte, aber es musste ein Engel gewesen sein. Vielleicht ein Engel mit einer Laterne. Sie begann zu lesen und verschlang Seite um Seite. Bekam die Möglichkeit, ihr Denken und ihre Einstellung zum Leben zu überprüfen und dankbar zu sein für das, was sie hatte. Der Autor Dale Carnegie kam ihr

vor wie ein Zauberer. Seine Worte hatten Heilkräfte.

Und plötzlich änderte sich alles.

Die Wohnung – gemütlich.

Der Ehemann – fürsorglich.

Die Kinder – motivierend.

Die Arbeit – interessant.

Und sie selbst – voller Tatendrang, um etwas zu verändern.

Juli 2016, Thema: Laternen

JOLA

JOLA! Wer zum Teufel war Jola? Seit ich diesen Namen in Roberts Kalender gesehen hatte, konnte ich nicht mehr schlafen. Natürlich hätte ich zu ihm gehen und ihn einfach danach fragen können.

»Schatzi, übrigens, wir haben am Freitag unseren 22. Hochzeitstag. Und damit du es nicht wieder vergisst, wollte ich es in deinen Kalender schreiben. Aber da steht schon was. JOLA. Kannst du mir sagen, was das bedeuten soll? Hast du vielleicht schon eine Verabredung, von der ich nichts weiß?«

Ich war kurz davor, Robert mit diesen Worten zur Rede zu stellen. Aber dann ließ ich es bleiben. Sonst kam er noch auf den Gedanken, ich sei eifersüchtig. Ich doch nicht. Nach 22 Jahren! Trotzdem ließ mir Jola keine Ruhe. An unserem Hochzeitstag war definitiv kein Platz für sie. Um mich nicht länger mit Ungewissheiten zu quälen, schaute ich im Internet unter dem Stichwort »Jola« nach.

Es gab eine Firma »Jola Spezialschalter GmbH & Co. KG«, die konnte es nicht sein, denn Robert war handwerklich absolut unbegabt. Er würde den Elektriker rufen, wenn bei uns ein Schalter defekt wäre. Eine zweite Firma hieß »Jola Soft- und Hardware«, auch die schloss ich aus, denn alles, was den PC anging, erledigte unser Sohn Jannis für uns. Der dritte Eintrag besagte, dass JOLA aus dem Südslawischen kam, die Kurzform von Jolanda war und so viel wie Veilchenblüte bedeutete. Aha. Dachte ich es mir doch. Eine Slawin. An unserem Hochzeitstag. Na, der würde ich die Suppe gehörig versalzen.

Am Dienstag kaufte ich mir eine enge Jeans und hochhackige Schuhe. Am Mittwoch ging ich zum Friseur und am Donnerstag zur Kosmetikerin. Am Freitag, als Robert von der Arbeit kam, überraschte ich ihn mit einem Candle-Light-Dinner. Der Tisch in unserem Wohnzimmer war perfekt gedeckt, sein Lieblingswein, eine Flasche Tempranillo stand bereit und im Ofen brutzelte der Lammbraten. Pech für Jola.

Robert betrat das Zimmer und ich sah es ihm an. Damit hatte er nicht gerechnet. Ich lächelte, warf die Haare aus dem Gesicht, ging auf ihn zu und küsste ihn.

»Alles Gute zum Hochzeitstag, mein Schatz!«

»Oh Liebes!« Er drückte mich und nahm mein Gesicht in beide Hände. »Auch ich habe eine Überraschung für dich.« Er zog die Kopie eines Flyers aus der Hosentasche und reichte sie mir freudestrahlend. »Lass uns schnell essen, dann schaffen wir es noch pünktlich.«

Ich starrte auf den Zettel. Wieder dieser Name JOLA. Es war tatsächlich eine Frau. Nicht ganz slawisch, eher nordisch. Blond und blass mit einem breiten Grinsen im Gesicht.

»JOGA und LACHEN – Entspannen Sie, haben Sie Spaß und kommen Sie zum Lachjoga. JOLA wird Sie begeistern!«

Misstrauisch hob ich den Blick und sah Robert schmunzeln. »Du sagst doch immer, in unserer Ehe gibt es nichts mehr zu lachen. Heute Abend werden wir das Gegenteil erleben. Alles Liebe zum Hochzeitstag!«

Oktober 2016: Geheimnisvoller Name, Wein, Kopie

Stille

Erna sitzt in ihrem Lehnsessel am Fenster und wundert sich. Sie müsste doch glücklich sein. Endlich ist Ruhe.

Sie schaut auf die neue Straße, die Parktaschen, die Bänke und die Blumenrabatten. Aber sie kann sich nicht darüber freuen. Warum nicht? Wahrscheinlich hat es einfach zu lange gedauert. Drei Monate Lärm. Musik hören, Fernsehen oder Telefonieren hatte sie nur abends gekonnt. Tagsüber lag dieses Vibrieren, dieses Dröhnen in der Luft und machte ihr das Leben zur Qual. Drei Monate Dreck. Auf dem Balkon sitzen ging gar nicht. Die Fenster mussten möglichst geschlossen bleiben, denn der Staub kroch durch jede Ritze. Drei Monate Ärger mit dem Vermieter und mit der Stadtverwaltung. Insgesamt sechs Beschwerdebriefe hatte sie geschrieben und nur eine Antwort bekommen. Ihre Forderung nach Mietminderung war abgelehnt worden. Sie hatten darauf hingewiesen, wie sich ihre Lebensqualität durch die neue Straße erheblich verbessern würde.

Sie schaut nach draußen. Die Ruhe ist wundervoll. Sie setzt sich aufrecht hin und genießt die Stille. Ihr Blick sucht die Straße ab. Um diese Zeit fahren kaum Autos, es ist eine verkehrsberuhigte Zone geworden und die Nachbarn sind alle bei der Arbeit. Ein paar Spatzen streiten sich am Müllplatz um verschüttete Abfälle. Mehr ist nicht los. Kein Mensch zu sehen. Kein Geräusch zu hören. Merkwürdig. Erna erinnert sich an die

Baustelle. An Jürgen, den kräftigen Vorarbeiter mit den kurzen Hosen, und Hakan, der mit dem Presslufthammer den alten Asphalt abtrug und Oberarme wie Baumstämme hatte. Wo die jetzt wohl sind? Fast tut es ihr leid, dass sie die beiden angebrüllt hat, weil ihr die Ohren wehtaten vom Lärm.

Jetzt ist alles still. Zu still. Es ist nichts zu sehen. Erna schnieft und nestelt ein Papiertaschentuch aus der Packung. Sie putzt sich die Nase und merkt plötzlich, wie sehr sie sie vermisst. Die Baustelle.

November 2016, Thema: Baustelle

Nikolaustag

Die Kinder sangen Weihnachtslieder. Kathi wollte sie nicht hören und bemühte sich, extra laut mit dem Geschirr zu klappern. Sie deckte die Tische für die Kinder und versuchte, den Geruch der frisch gebackenen Zimtsterne zu ignorieren. Heute war Nikolaustag. Es war der erste Nikolaustag für Kathi, den sie allein, ohne ihre Mutter verbringen würde. Im Kindergarten herrschte große Aufregung. Wie jedes Jahr würde der Nikolaus mit seinem Rentier Rudi auf den Spielplatz kommen und den Kindern Süßigkeiten bringen. Kathi, die seit drei Jahren im Kindergarten als Köchin arbeitete, hatte sich immer zusammen mit den Kindern darauf gefreut. Aber jetzt ging ihr diese ganze Feierei, diese Fröhlichkeit, diese Heimlichtuerei auf die Nerven. Wenn es nach ihr ginge, könnte Weihnachten in diesem Jahr ausfallen. Komplett. Denn alles daran erinnerte sie an ihre Mutter. Schon wieder kamen ihr die Tränen, als sie an die leere Wohnung dachte, die sie nach Feierabend erwartete. Kathi hatte sie nicht geschmückt. Sie hatte keinen Adventskalender aufgehängt und auch keine Plätzchen gebacken. Geschenke würde es auch nicht geben. Wozu auch? Ihre Mutter war nicht mehr da. Tot. Wie die Wohnung, in der sie nun alleine lebte. Eigentlich hätte Kathi erleichtert sein müssen, denn die Pflege der Mutter hatte sie viel Kraft gekostet. Doch nach ihrem Tod war auch etwas in ihr gestorben.

»Kathi?« Frau Schwanebeck, die Leiterin des Kindergartens, kam in die Küche gestürmt. »Es ist etwas Schreckliches passiert!«

Mit trüben Augen sah Kathi ihre Chefin an. Gab es eigentlich noch etwas Schreckliches, das passieren konnte? Für Kathi nicht. Sie setzte das Tablett ab und begann wortlos, das Besteck für die Kinder zu verteilen.

»Kathi!« Jetzt griff Frau Schwanebeck nach ihrem Arm. »Sie müssen uns helfen. Rudi ist krank. Der Nikolaus kann doch nicht ohne sein Rentier kommen. Die Kinder wären sehr traurig.«

»Was kann ich denn schon tun?«, sagte Kathi mehr zu sich selbst.

»Ihr Nachbar hat doch ein Pony im Garten, oder? Können Sie den nicht fragen, ob er uns das mal ausborgt?«

Jetzt wurden Kathis Augen groß vor Verwunderung. »Meinen Sie Flip, den Rasenmäher? Der ist doch kein Rentier. Er ist ein geschecktes Pony.«

Frau Schwanebeck tat geheimnisvoll und holte ein rotes Rentiergeweih mit kleinen Glöckchen vom Schrank. »Wir setzen Flip das hier auf. Dann ist er fast ein richtiges Rentier. Was sagen Sie dazu?«

Kathi nickte und zog sich die Schürze aus. »In Ordnung. Mein Nachbar ist zu Hause und seit Kurzem pensioniert. Der freut sich über Abwechslung. Ich werde ihn und Flip herbringen.« Vor dem Kindergarten traf sie den Nikolaus und lächelte ihm zu. Plötzlich hatte alles wieder einen Sinn. Zumindest heute.

Dezember 2016: Lied, Zimt und Rudi

Scheinwerfer im Kopf

Ich spüre ihn. Er ist da und beobachtet mich. Starrt mich an mit großen, aufgerissenen Augen. Den Mund weit geöffnet zum stummen Schrei. Bewegungslos verharrt er am nachtklaren Firmament, um mir den Schlaf zu rauben. Vollmond. Den ganzen Tag habe ich mich vor ihm gefürchtet und versucht, die Gedanken an ihn zu verdrängen. Aber es gibt kein Entrinnen. Er findet mich überall. Das habe ich schon als kleines Mädchen lernen müssen. Jalousien, Vorhänge und selbst dicke Federbetten helfen mir nicht, mich vor ihm zu verstecken. Auch wenn ich ihn nicht sehe, ist er da. In meinem Kopf. In meinen Gedanken, die er zum Kreisen bringt, die er umrührt wie eine Buchstabensuppe. Immer mehr Worte und Sätze, die ich mich tagsüber nicht traue zu sagen, kommen mir in den Sinn. Die Auseinandersetzung mit meinem Chef, die noch nicht stattgefunden hat. Sie läuft wie ein Film in Zeitlupe vor mir ab, angestrahlt von ihm. Von draußen. Nach innen. Ganz innen. Ich stöhne, beginne zu zählen, fange von vorn an. Die Gedanken formieren sich neu. Meine demente Mutter, die meinen Vater nicht mehr erkennt, spukt zusammen mit meinem pubertären Sohn, der sich die Augenbraue rasiert hat, durch meinen Wachtraum. Ich schiebe die Bilder von mir, denke an Schäfchen, weiße Wolkenschafe. Doch was ist das? Da ist er wieder und starrt mir mit seinen toten Krateraugen mitten ins Gehirn. Ich ziehe mir die Bettdecke über den

Kopf und wünsche mir, ich könnte die Zeit vorspulen.

Konzentriere dich auf deinen Körper, sage ich mir. Lass die Decke los, öffne die Hände, entspann dich! Der Erfolg währt nur kurz. Ungewollt stellen sich neue Gedanken ein. Ich muss die Nachbarn fragen, ob sie die Katze während unseres Urlaubs betreuen. Und den Arzt meiner Mutter wollte ich doch schon letzte Woche anrufen. Von einer plötzlichen Wut gepackt, werfe ich die Decke zurück und springe aus dem Bett. Es hat keinen Zweck. Ich muss mich ihm stellen. Schnell ziehe ich die dicke Winterjacke und meine Thermostiefel an, nehme den Schlüssel vom Haken und verlasse das Haus. Im Garten setze ich mich auf die Schaukel und sehe ihm direkt in sein großes, unbewegliches Gesicht. Er ist so hell, dass es fast blendet. Aber ich halte stand und starre ihn an, wie er mich immer anstarrt. Durchhalten. Jetzt nicht lockerlassen. Ich starre ihn an, bis seine Umrisse vor meinen Augen verschwimmen. Dann beginne ich zu schaukeln. Erst ganz sachte, dann immer mehr. Immer höher und höher. Ich strecke die Beine aus und kann ihn fast mit den Füßen berühren. Da. Jetzt habe ich ihn erwischt. Da. Wieder. Und noch einmal. Es fühlt sich gut an und für den Moment glaube ich, ihn besiegt zu haben.

Januar 2017, Thema: Schlaf

Wände

Immer wieder schaue ich aus dem Fenster. Es zieht mich nach draußen. Der Himmel ist blau, die Sonne strahlt und es ist Sonntag. So ein herrliches Wetter hatten wir bisher den ganzen Winter noch nicht. Wie schön wäre es, jetzt über die Spreewiesen zu laufen und die Eiskristalle an den Gräsern zu bewundern. Das Gesicht in die Sonne zu halten. Enten zu füttern. Kiefern umarmen. Leider geht das heute nicht. Ich bin gezwungen, zu Hause zu bleiben. Ich fühle mich eingesperrt in meinen vier Wänden. Durch meine vier Wände. Ich bedauere, dass es nicht regnet. Dann würde es mir leichter fallen. Wie egoistisch von mir. Die Nachbarn genießen den freien Tag in ihrem Wintergarten. Von meinem Fenster aus sehe ich Uwe, der eine dampfende Kaffeetasse hält und Zeitung liest, während sich Marlies im Liegestuhl sonnt und dabei genüsslich einen Apfel isst. Die haben es gut. Ich muss mich zwingen, meine Aufmerksamkeit wieder auf die Wände zu lenken. Schließlich wollen wir heute noch fertigwerden mit dem Renovieren. Die Laune ist am Tiefpunkt. Robert, der in stoischer Gelassenheit mit der Malerrolle unseren steril-weißen Flur in ein orangerotes Farbenmeer verwandelt, bemerkt mein finsteres Gesicht und fragt, was ich für ein Problem habe. In einem Anflug von Übermut tauche ich den Pinsel in die Farbe und male eine leuchtende Sonne auf die weiße Wand. Ich deute mit dem Kopf darauf und sage: »Sie ist das Problem. Ich möchte raus zu ihr.«

Später versuchen wir gemeinsam, mein Kunstwerk unter regelmäßig gezogenen Bahnen verschwinden zu lassen. Das gelingt nicht ganz. Die gemalte Sonne scheint immer noch etwas durch. Ich habe sie mir ins Haus geholt.

Februar 2017: Wand, Apfel, Garten

Im Schatten

Na, wie sehe ich aus?«
»Umwerfend! Einfach großartig.«
»Ist der Rock nicht etwas zu kurz?«
»Mann (!) müsste sich schon bücken, um zu sehen, was du darunter trägst.« Ich beglückwünschte mich innerlich zu dieser Formulierung. Denn Lisa hatte es ja nur darauf abgesehen. Auf die Männer. Plötzlich wurde mir ganz komisch und ich fragte vorsichtig: »Du trägst doch etwas darunter?«
Sie grinste. »Nein.«
Oh je. Hätte ich nur nicht gefragt. Obwohl – unter meiner hautengen Bluejeans gab es auch keinen Slip. Aber das interessierte niemanden. Alle sahen nur Lisa. Ich stand in ihrem Schatten. Immer. Ihre langen blonden Haare, die vollen Lippen und der Blick hinter den geschwungenen Wimpern waren unwiderstehlich. Nicht nur für Männer. Auch Frauen blieben stehen und starrten sie an. An ihrer Seite fühlte ich mich wie ein schmückendes Beiwerk, damit sie besser zur Geltung kam. Genau so war es.
Zum Beispiel heute. Zum Frühlingsanfang zeigten wir uns beide zum ersten Mal im nigelnagelneuen Outfit. Frisch vom Designer. Sie im Minirock, ich in engen Jeans. Sie eine helle, fast durchsichtige und tief ausgeschnittene Bluse. Ich im bordeauxroten Pulli, bis zum Hals geschlossen. Okay, dafür war meine Kette ein echter Hingucker. Dachte ich jedenfalls. Der regenbogenfarbene Schmetterling hing genau zwischen meinen Brüsten.

Aber auch das schien niemanden zu interessieren. Lisa wirkte selbst wie ein Schmetterling. Ich dagegen nur wie eine Raupe im Kokon.

»Schau mal, Doro. Siehst du die beiden Männer da am Eingang? Die sehen unentwegt zu uns.«

Zu dir, Lisa, dachte ich. Sie sehen zu dir.

»Sie reden über uns.«

Über dich, Lisa. Sie reden über dich.

»Jetzt kommen sie. Doro, ich sage dir, sie kommen zu uns.«

Zu dir, Lisa. Sie kommen zu dir.

Tatsächlich standen die beiden Herren plötzlich neben uns. Wir kannten sie nicht. Sie trugen Arbeitskleidung. Die Leute, mit denen wir sonst zu tun hatten, waren Frauen. Meistens jedenfalls.

»Die ist schon heiß, die Kleine«, sagte jetzt der mit der Latzhose und meinte natürlich Lisa.

»Willst du sie wirklich mitnehmen?«

»Quatsch nicht! Fass lieber mit an.«

Ehe wir uns versahen, hob der Typ mit der Latzhose Lisa hoch, der andere fasste ihre Beine, und schon verließen sie mit ihr den Raum. Sie schien so verdutzt, dass sie nicht einmal schrie. Auch mir hatte es die Stimme verschlagen. Lisa war entführt worden! Einfach so. Sollte ich Alarm schlagen? Um Hilfe rufen? Oder abwarten, ob jemand etwas bemerkte?

Alles blieb ruhig. Es vergingen einige Minuten und plötzlich spürte ich, dass ich nicht mehr in ihrem Schatten stand. Ich strahlte in meinem ganz eigenen Licht. Zwei Mädchen bleiben vor dem Schaufenster stehen. »Wenn ich groß bin«, sagte die eine, »dann will ich so sein wie sie.« Dabei zeigte sie auf mich.

»Das ist doch bloß eine Puppe«, entgegnete die andere.

»Ich weiß, aber sie sieht cool aus!«

März 2017, Thema: Puppen

Die Nachbarin

Ich stehe auf Zehenspitzen und schaue aus dem Küchenfenster. Auf dem verlassenen Nachbargrundstück tut sich etwas. Reißen sie die Hütte endlich ab? Oder sind dort wieder Jugendliche auf der Suche nach alten Schätzen und Reichtümern? Die Hecke ist aber auch hoch gewachsen. Ich kann nichts erkennen. Jetzt höre ich einen Hund bellen. Schnell lege ich den Kartoffelschäler aus der Hand, nehme die Schüssel mit dem Bioabfall – in der sich erst wenige Schalen und ein Teebeutel befinden – und schlüpfe in die Gartenschuhe. Zielgerichtet gehe ich zum Kompost, denn hier hat die Hecke eine Lücke und öffnet mir die Sicht nach drüben.

Tatsächlich. Im verwilderten Nachbargarten ist ein Hund. Er bellt in Richtung Hütte und wedelt mit dem Schwanz. Wo kommt der denn her? Wenn sonst Jugendliche hier herumschleichen, dann tun sie es lautlos und bringen keine Hunde mit. Und was ist denn das? An der Pumpe lehnt ein Fahrrad mit Anhänger, der mit Gerümpel beladen ist. Ich erkenne eine zusammengerollte Matratze, eine Stehlampe ohne Schirm, einen Holzstuhl, der auch schon bessere Zeiten gesehen hat, und eine große blaue Mülltüte.

Oh je. Wahrscheinlich ein Obdachloser, der sich hier eine dauerhafte Schlafstelle einrichten will. Das muss ja wohl nicht sein. Werde ihm sagen, das Grundstück ist Privatbesitz und er möge sich woanders eine Bleibe suchen. Ich leere die Schüssel mit dem Bioabfall und klettere auf den Komposthaufen. Gehe noch einen Schritt und rufe laut: »Hallo? Ist da jemand?«

Der Hund dreht sich zu mir um und kommt angesaust. Ich gerate ins Rutschen und falle mit dem Hintern in Kartoffelschalen, altes Brot und Kaffeesatz. Angeekelt rapple ich mich auf und versuche, meine Hose notdürftig zu säubern. Als ich aufsehe, stehen der Hund und eine Frau vor mir. Er hat aufgehört zu bellen und sie lächelt mich an. Sie trägt ein bodenlanges regenbogenfarbenes Kleid und keine Schuhe. Ihre Haare sind verfilzt und werden notdürftig mit einem ausgewaschenen Tuch zusammengehalten. Sie reicht mir die Hand durch die Lücke in der Hecke und sagt: »Guten Abend. Ich bin Helene Weiser, Ihre neue Nachbarin.«

Zögernd schüttle ich ihr die Hand. »Eva Bredermann«, stelle ich mich vor. »Haben Sie das Grundstück gekauft?« Kann ja nicht viel gekostet haben. Passt zu ihr. Da erst bemerke ich dieses Funkeln in ihren Augen. Ein Funkeln, das so viel Lebensfreude und Abenteuerlust zeigt.

»Nee, meine Liebe. Nicht gekauft!« Sie schlägt sich auf die Oberschenkel und der Hund springt in ihre ausgebreiteten Arme. »Ich habe es geerbt und werde hier eine Hanf-Plantage anlegen. Haben Sie Lust, mir dabei zu helfen?«

Ich sehe sie fassungslos an. Mir fehlen die Worte.

Aber sie lacht. »War nur 'n Scherz, stimmt's Benedikt?« Der Hund wedelt mit dem Schwanz und mir wird klar, mit dieser Frau,

werde ich noch viele Überraschungen erleben. Moment mal – habe ich nicht erst neulich auf der Terrasse gesessen und auf eine
Überraschung gewartet? Vielleicht sollte ich
mich darauf einlassen.

Mai 2017: Brot, suchen, Reichtum

Wegweiser

Es ist dunkel. Nur die Straßenlaterne vor dem Fenster wirft einen Lichtschein in mein Zimmer. Dabei habe ich mit akribischer Sorgfalt die Vorhänge zugezogen. Sogar mit Wäscheklammern habe ich versucht, die beiden Stoffbahnen zusammenzuhalten. Aber es gibt einen Spalt. Es gibt immer einen Spalt. Da kann ich machen, was ich will. Die Laterne schickt ihr weißkaltes LED-Licht durch diese eine vermaledeite Lücke und zeichnet einen Silberstreif auf den Teppich. Bewegungsunfähig liege ich im Bett und starre darauf. Der Streifen sieht aus wie ein Pfeil und zeigt zur Tür. Ich weiß genau, was das bedeutet. Aufstehen. Zur Tür gehen. Sie öffnen. Kopflos die Treppe hinunterhasten. Nein! Ich schreie es fast und ziehe mir die Bettdecke bis über die Augen. Nicht mehr hinsehen. Nichts denken. Einfach liegen bleiben. Entspannen. Versuchen zu schlafen. Nichts hören. Nur den eigenen Herzschlag. Und gedämpft durch die Decke die große Wanduhr im Flur. Sie zählt die Sekunden, bis ich doch aufstehe. Bis ich dem Sog nachgebe, den dieser Pfeil in mir auslöst. Die Nacht dehnt sich in die Unendlichkeit. Jeder Schlag, den das Uhrenpendel ausführt, tut mir weh. Zermürbt mich. Schwächt meine Willenskraft. Schickt mich auf die Reise. Zur Tür, die Treppe hinunter. Die Straßenlaterne weist den Weg. Verdammt. Warum muss ich stark sein? Einfach aufstehen. Licht anmachen. Es ist so einfach. Wie ferngesteuert schiebt sich mein rechtes

Bein unter der Decke hervor. Das linke folgt. Meine Hände umkrampfen die Bettdecke, lassen sie nicht los, als ich aufstehe und mit den Füßen nach den Hausschuhen taste. Licht anmachen geht nicht. Ich habe mich in die Decke gehüllt und muss sie festhalten. Jetzt bin ich an der Tür. Mit dem Ellenbogen drücke ich die Klinke hinunter und konzentriere mich auf die Treppe. Nur nicht auf die Bettdecke treten. Bloß nicht hinunterfallen. Schritt für Schritt. Ich kenne jede Stufe. Endlich bin ich unten angekommen. Dort ist die Küche. Auch hier brauche ich kein Licht. Lautlos schleiche ich hinein und sehe ihn vor mir. Nun ist mir alles egal. Es gibt kein Halten mehr. Keine Vorsätze. Keine Gewissensbisse. Die Bettdecke rutscht auf den Boden. Mit einem großen Schritt bin ich am Kühlschrank. Reiße die Tür auf, die warnend quietscht. Doch ich ignoriere es. Ich habe nur Augen für die Schokolade, von der ich schon die ganze Nacht geträumt habe. Und die ich jetzt essen werde. Sofort und im Ganzen.

September 2017: Reise, Silberstreif, kopflos

Novembermorgen

Eine sich penetrant wiederholende Folge von Tönen weckt mich. Mein Handy. Ich habe es auf sechs Uhr gestellt und bereue es. Schlaftrunken ertaste ich es auf dem Nacht-schränkchen und bringe es zum Schweigen. Ich könnte mich einfach wieder in die Kissen kuscheln. Doch ich habe mir etwas vorge-nommen. Mit gemischten Gefühlen hebe ich die Vorhänge an und linse nach draußen. Ich sehe Tropfen an der Scheibe und die Straße ist in Nebel getaucht. Typisches November-wetter. Was habe ich denn erwartet? Einen orangegoldenen Sonnenaufgang? Ich quäle mich aus dem Bett und stehe wenig später unter der Dusche. Weiß nicht, ob ich mich är-gern oder freuen soll. Ich hätte noch gut zwei Stunden schlafen können. Meine Bürozeit be-ginnt erst um zehn Uhr. Aber wenn ich mich jetzt nicht aufraffe, dann werde ich es be-reuen. Das weiß ich.

Also fahre ich nach dem Frühstück los, auf der Rückbank die feinen Büroklamotten, an den Füßen Thermostiefel. Ich stelle das Auto ab und ziehe die Kapuze meiner Steppjacke über den Kopf. Auf dem Hof kommt mir Shaft entgegen, ein hübscher Traberwallach mit wachen Augen. Er gehört einer Freundin und ich darf ihn zweimal in der Woche reiten. Im Winter bleibt mir dazu nur das Wochenende und die Zeit vor der Arbeit. Leise wiehernd begrüßt er mich, seine Nüstern beben, er schnaubt. Ich liebe dieses freudige Brubbeln und gebe ihm einen Apfel. Sein schwarzes Winterfell ist mit Dreck verkrustet.

Ich lache: »Hast du ein Schlammbad genommen?« Mit dem Gummistriegel befreie ich ihn vom Schmutz, es ist gleichzeitig wie eine Massage für meinen Kumpel. Ich bürste sein Fell, kämme die Mähne, den Schweif und kratze die Hufe aus. Dann der Sattel mit dem Schafsfell und der hellblauen Decke, Reitkappe, Trense, Schlüssel und fertig.

Die anderen Pferde begleiten uns noch ein Stück am Koppelzaun, dann verschwinden wir im Wald. Die Bäume atmen. Ich sehe Dunst zwischen trockenen Blättern und spüre Feuchtigkeit im Gesicht. Wir traben ein Stück. Shaft wird munter und möchte schneller. Immerhin war er ja mal ein Rennpferd. Wir springen über einen umgestürzten Baumstamm und erreichen den Badestrand des Waldsees. Hier tummeln sich im Sommer die Familien, Hunde und Ferienkinder. Jetzt ist alles still. Wir sind allein. Kein Vogel. Kein Fisch. Nicht einmal eine Welle. Spiegelklar das Wasser. Der Himmel hängt so tief über dem See, dass ich ihn greifen kann. Ich habe das Gefühl, durch den Himmel zu reiten. Könnte nicht sagen, wo er anfängt und das Wasser aufhört. Alles ist eins. Eine durchsichtige Wolkensuppe. Mystisch. Unwirklich. Genau wie mein Tagesbeginn. Ich bin froh, mich so früh aus dem Bett gequält zu haben, und werde es wieder tun.

November 2017, Thema: Nebel

Tierfreunde

Manuel liebt seine Katzen. Sie sind sein Leben, seine Leidenschaft. Er kann nicht ohne sie und sie nicht ohne ihn. Sie und er bilden eine Art Symbiose. In jahrelanger mühevoller Arbeit hat er ein Vertrauensverhältnis zwischen sich und den Tieren geschaffen, das einzigartig ist. Sein Prinzip ist ganz einfach. Geduld, Zuversicht und Belohnung. Nie Bestrafung. Nie ein scharfes Wort. Kein Gebrüll. Nicht von ihm und nicht von den Katzen. Alles geht in größter Ruhe vor sich. So wie auch heute Abend. Doch heute muss er sich überwinden. Manchmal hasst er die Menschen. Mit Tieren kann er umgehen. Mit den Menschen nicht.

Gleich am Morgen hatte er die beschmierten Plakate entdeckt. Die Ankündigungen vom Gastspiel: »Circus William mit der größten gemischten Raubtiergruppe«, und über dem Portrait von Sambara, der weißen Löwin, stand mit roter Farbe das Wort »Tierquäler«. Auf allen Plakaten in der Umgebung. Die Farbe tropft Sambara wie Blut von der Schnauze. Dann die Demos, die Sprechchöre kurz vor der Vorstellung. Und nun steht er am Manegeneingang und muss gleich hinaus. In die Höhle der Löwen. Manuel versucht zu lachen. Er muss locker bleiben. Die Katzen würden seine Anspannung sofort spüren. Von Löwen und Tigern umringt zu sein, beruhigt ihn. Er muss diese selbst ernannten Tierschützer, diese Schaumschläger, die immer noch vor dem Zirkuszelt stehen, einfach ausblenden.

Er hört Lolitas Stimme durch das Mikrofon: »Alle unsere Raubkatzen sind nicht in freier Wildbahn geboren. Sie wurden vom Menschen aufgezogen, sind im Umgang mit ihm vertraut und sind dankbar für Beschäftigung. Jede Woche gibt es strenge tierärztliche Kontrollen. Besuchen Sie in der Pause unsere Tiershow und überzeugen Sie sich selbst. Allen Tieren geht es gut, sie haben viel Platz und Auslauf. Bei uns geht es ihnen besser als manchen ihrer Artgenossen im Zoo.«

Manuel kann es nicht mehr hören. Immer diese Rechtfertigungen. Jeden Abend. Bei jeder Show. Früher, als Vater noch lebte, war es anders. Die Tiere prägten den Zirkus. Niemand beschwerte sich. Elefanten, Löwen, Tiger, Kamele, die gehörten einfach dazu. Sonst war es kein Zirkus. Aber heute werden ihnen Steine in den Weg gelegt. Wohin sie auch kommen. Auflagen. Bestimmungen. Gesetze, mit denen er keine Probleme hat. Sie sind zum Wohl der Tiere. Aber das Geschrei da draußen, von den Leuten, die keine Ahnung haben, geht ihm gehörig auf die Nerven.

Er atmet tief durch, strafft sich und betritt die Manege mit dem noch leeren Käfig. Nacheinander kommen Sambara, Shira, Kosima und Ranador durch den Netzgang zu ihm. Sie begrüßen ihn freudig, er streichelt sie, liebkost sie und sie springen auf ihre Hocker. Das Publikum applaudiert. Manuel sieht staunende Kinderaugen und Eltern, die mit ausgestreckten Fingern auf Sambara zeigen. Die weiße Löwin, er reitet auf ihr. Er benutzt keine Peitsche. Nur seine Stimme. Ganz ruhig spricht er zu den Katzen, gibt Anweisungen, lässt sie durch Reifen springen, balancieren und formiert zum Schluss die große Raubtierpyramide. Der Applaus gibt ihm Kraft. Er ist stärker als die Rufe draußen vor dem Zelt. Und wenn nach der Show Familien zu ihm kommen und sich bedanken für diese einmalige friedvolle Darbietung, dann weiß er, er wird weiterkämpfen. Für seine Arbeit mit den Katzen.

Januar 2018: Schaumschläger, prägen, Zirkus

Im Gleichschritt

Eins ... zwo ... drei ... vier ...! Eins ... zwo ... drei ... vier ...! Eins ... zwo ... drei ... vier ...!«

Ich ertappe mich, wie ich mitzähle. Völliger Schwachsinn. Aufhören damit. Nur laufen. Nicht nachdenken.

»Und jetzt schneller! Eins, zwo, drei, vier! Eins, zwo, drei, vier!«

Der Schweiß läuft mir über Rücken und Stirn. Ich höre die Schritte der anderen. Alle sind im Takt. Nur nicht rausfallen. Dranbleiben. Mitlaufen. Nicht langsamer werden.

»Links, rechts! Links, rechts! Links, rechts!«

Die Kommandos klingen, als kämen sie vom Tonband. Ich hasse das. Warum tue ich mir das an? Was würde passieren, wenn ich absichtlich gegen den Rhythmus marschiere? Es reizt mich, es zu versuchen. Aber unsere Körper bilden eine schwingende Einheit. Da fällt niemand aus der Reihe. Die Bewegungen sind exakt. Jeder Schritt sitzt. Alle Füße treten gleichzeitig auf und es gibt dieses dumpfe Geräusch. Wumm. Links. Wumm. Rechts. Wumm links. Stur im Gleichschritt. Ohne auszuscheren. Tempo halten. Durchhalten.

»Zwo, drei, vier. Links, rechts, links.«

Das wirklich Dumme daran ist, dass ich freiwillig dabei bin. Warum? Weil es alle machen. Meine Füße schmerzen. Und die Knie erst. Bei jedem Schritt knackt es im Gelenk. Aber genau das ist der Grund. Ich will nicht, dass es knackt und knirscht. Ich muss fit bleiben. Mein Orthopäde hat mir diesen Kurs verordnet. Zwölfmal Step-Aerobic, jeden Mittwoch, zwanzig Uhr. Keinen auslassen. Dranbleiben. Mitlaufen. Durchhalten. Und Zähne zusammenbeißen.

»Eins, zwo, drei, vier ...«

Januar 2018, Thema: Marschieren

Verloren

Endlich Wochenende. Nur noch die Waschmaschine anstellen. Das Abendbrot machen. Dann auf die Couch fallen und einen schönen Film ansehen. Doch Heike hat nicht mit Thomas gerechnet. Während sie den Abwasch macht, hat er sich beim Zappen durch die Programme bereits festgeguckt.

»Lethal Weapon?«, faucht Heike, als sie aus der Küche kommt. »Das ist nicht dein Ernst. Hast du doch schon hundertmal gesehen!«

Doch Thomas hört sie nicht. Die beiden Helden sind gerade in einen handfesten Faustkampf verstrickt. Die Geräusche aus der Bassbox lassen Thomas zusammenzucken, sobald einer von beiden einen Treffer kassiert. Heike kennt das schon und rollt mit den Augen.

Okay. Dann eben keinen schönen Film. Sie wird Claudia anrufen. Das wollte sie schon längst tun. Claudias Vater ist letzte Woche operiert worden. Seit Tagen hatte sie sich vorgenommen nachzufragen, wie es ihm geht. Kaum hat sie Claudia an der Strippe, fängt diese an zu erzählen. Alles erfährt Heike. Von der Narkose bis zur Entlassung. Fünfzig Minuten später – im Wohnzimmer explodiert gerade lautstark ein Auto – hat Heike nebenbei die Bügelwäsche erledigt und die Blumen gegossen.

Ihr Nacken ist steif und schmerzt, da sie das Telefon die ganze Zeit zwischen Schulter und Wange geklemmt hatte. Jetzt freut sie sich auf ihr Bett und auf ihr Buch. Als sie in den

Kissen liegt und die erste Seite gelesen hat, fallen ihr die Augen zu und sie macht das Licht aus.

Samstagabend. Wiedersehen mit Anja. Sie haben sich ewig nicht gesehen und sind zum Essen verabredet. Endlich mal raus. Von Anja hat Heike in letzter Zeit nichts gehört, dafür aber gelesen. Alle drei, vier Monate kommt eine Urlaubskarte. Nizza, Montenegro, die letzte zum Jahreswechsel aus Ägypten. Vorn ein Foto, hinten ein gedruckter Text, passend für alle Familienangehörigen und Freunde. »Tolle App!«, schwärmt Anja.
Technik, die begeistert. Ob es auch schon Mustertexte für die verschiedenen Urlaubs- orte gibt? Heike versucht, es sich schmecken zu lassen. Was nicht ganz gelingt, denn die Portionen sind winzig und teuer. Am Ende des Abends ist sie um vierzig Euro ärmer, dafür aber reich an Urlaubserfahrungen, die nicht ihre sind. »Es war schön, mal wieder mit dir zu quatschen«, sagt Anja und umarmt Heike zum Abschied.

Am Sonntag kommen die Schwiegereltern zu Besuch. Aber Heike ist nicht da. Es ist nicht eingekauft, nicht aufgeräumt und es duftet auch nicht nach frisch gebackenem Kuchen. Thomas wundert sich und ruft Heike an.
»Wo zum Teufel steckst du?«
»Ich habe etwas verloren und bin unterwegs, es zu suchen.«
Thomas schaut verdutzt ins Telefon. Ihre Stimme klingt merkwürdig.

»Was hast du verloren?«, fragt er mit einem unguten Gefühl.
»Mich«, antwortet Heike und legt auf.

Februar 2018, Thema: Opfer

Meine Oase in der Wüste

Draußen sind 33 Grad und der Parkplatz vor meinem Fenster flimmert. Ich muss mich konzentrieren. Die Hitze ist keine Ausrede mehr. Mein Chef hat mir eine teure Klimaanlage bewilligt und seit gestern bläst sie kühle Luft in mein Büro. Aber leider nicht in meinen Kopf. Ich kann keinen klaren Gedanken fassen. Ein Gender-Konzept für unser Einkaufscenter! Hätte nicht gedacht, dass es mich auch mal erwischt. Aber scheinbar sind alle öffentlichen Einrichtungen von dieser Krankheit betroffen. Die Hausordnung bin ich schon durchgegangen und habe die Worte Besucher und Kunden verändert. Es heißt jetzt Besucher*innen und Kund*innen usw. Liest sich schwer, sieht blöd aus, aber was soll's. Bei den sechsundfünfzig Seiten Brandschutzordnung habe ich etwas mehr zu tun. Aber das ist nichts gegen meine größte Herausforderung: Die Neubeschriftung der Kundentoiletten. Diesen Spaß hebe ich mir ganz bis zum Schluss auf. Verschiebe es auf morgen.

Ich schließe die Augen und halte mein Gesicht in den kühlen Luftstrom. Genau in diesem Moment schaltet sich das Klimagerät ab. Die Klappen fahren zu. Finito. Was soll das? Ist die Temperatur von 22 Grad schon erreicht? Fühlt sich nicht so an. Ich rapple mich hoch und prüfe die Fernbedienung. Das Gerät ist aus. Ich schalte es wieder an. Es arbeitet zwei Minuten, dann ist wieder Ruhe. Eine erdrückende Ruhe, die sich immer weiter ausbreitet. In den letzten beiden Tagen habe ich mich an das monotone Summen gewöhnt. Ein beruhigendes Geräusch, bei dem ich gut nachdenken konnte. Immerhin hat mir das Summen bestätigt, dass an der Aufrechterhaltung meiner Wohlfühltemperatur gearbeitet wird. Mein Büro war der einzige Ort, an dem es sich aushalten ließ. Eine Oase inmitten der Wüste. Eine Insel im Lavameer. Und jetzt? Wieder schalte ich die Anlage an. Wieder schaltet sie sich ab. Es ist zum Verzweifeln.

Ich nehme mir die Bedienungsanleitung vor und suche den deutschen Text. Sofort erkenne ich, wir haben nicht irgendeine Anlage erworben, sondern die beste! Wir haben die Rosine herausgepickt, das Gerät ist eine Perle auf dem Markt. Einzigartig, einmalig. Kein steifer Nacken wie bei herkömmlichen Wandgeräten, sondern ein gleichmäßiger Luftstrom von oben. Ja, stimmt. Für genau zwei Tage. Ich suche nach einer Fehlertabelle, nach Fehlercodes oder Ähnlichem. Dabei stoße ich auf »Der Hersteller übernimmt die Garantie für eine ununterbrochene Betriebstätigkeit auch bei hohen Temperaturen.« Ich tippe mit dem Finger auf »Hersteller« und blättere hektisch weiter. Als wenn ich es geahnt hätte, steht auf der nächsten Seite »Dem Nutzer obliegt die Wartungspflicht der Anlage.« Erschöpft lehne ich mich zurück. Es wird langsam heiß im Büro. Aber jetzt ist mir alles klar. Kein Wunder, wenn das verdammte Ding nicht mehr läuft. Die haben ihre

Anleitung nicht gegendert. Ein so modernes Gerät braucht auch eine topaktuelle Bedienungsanleitung. Sonst funktioniert es eben nicht. Ich beschließe, »die Hersteller*innen« nach der Mittagspause anzurufen, und gehe mir ein Eis holen. Auf Wiedersehen, Wüstenoase.

Juni 2018: Insel, Rosine, Kälte und Gender

Huhu

Sie saß an ihrem Küchenfenster im Erdgeschoss und beobachtete die vorübereilenden Menschen. Im Berufsverkehr waren es so viele, dass sie den Eindruck hatte, von der Strömung eines Flusses mitgerissen zu werden.

Sie liebte es, in die Gesichter zu schauen. Sich Geschichten zu den Menschen auszudenken. Woher kamen sie? Wohin liefen sie? Bei dem da, einem Herrn in Anzug mit Aktentasche, war es einfach. Der arbeitete mit ziemlicher Sicherheit in der Bankfiliale an der Ecke. Sein Gesicht war verkniffen, wahrscheinlich ging er im Geiste schon die Zahlen durch. Und die beiden da, noch keine achtzehn, ein Junge und ein Mädel, ein hübsches Pärchen, gingen nebeneinander zum Fontane-Gymnasium zwei Querstraßen weiter. Aber sie sprachen nicht miteinander, sie sahen sich nicht an. Jeder von ihnen hatte sein Smartphone in der Hand und starrte abwesend hinein. Die meisten Jugendlichen taten das, daran hatte sie sich inzwischen gewöhnt. Dort drüben führte ein älterer Herr seinen Dackel spazieren. Er ließ sich Zeit. Wartete geduldig, wenn der Hund schnüffelte. Der war garantiert auch Rentner. Den hätte sie gern mal angesprochen. Aber sie wartete auf jemand anderen. Jemand, der täglich zur gleichen Stunde an ihr Fenster klopfte und sie freundlich grüßte. »Huhu!« Sie wusste nicht, wie er hieß, deshalb nannte sie ihn Huhu. Er war mit Abstand der einzige Mensch, den sie auf dieser Straße sah, der immer gute Laune hatte. Und deshalb freute sie sich auf ihn. Da ihr klar war, dass er nicht jeden Tag zu ihr kommen konnte, hatte sie etwas nachgeholfen.

Nachdem eine Gruppe asiatischer Touristen ihre Koffer klappernd und ratternd an ihrem Fenster vorbei zum nahegelegenen Hotel gezogen hatten, kam er tatsächlich. »Huhu, Frau Braun, ich bin's!«

Er klopfte ans Fenster und sie öffnete ihm lächelnd.

»Diesmal ist es ein Kätzchen.« Huhu strahlte über das ganze Gesicht, als er ihr die Postkarte übergab.

»Sie müssen doch schon eine ganze Sammlung haben. Katzen, Pferde, Hunde, Blumen. Was machen Sie mit all den Karten?« Er lehnte sein gelbes Postfahrrad an die Hauswand und sah neugierig zu ihr herauf.

Sollte sie ihm die Wahrheit sagen? Besser nicht. Vielleicht kam er dann nicht mehr.

»Da scheint es jemand wirklich gut mit Ihnen zu meinen, Frau Braun. Vielleicht haben Sie einen Verehrer?« Huhus Augen blitzten schelmisch.

Sie lächelte ihn an. Wenn er wüsste.

»Darf ich Sie mal was fragen, Frau Braun?«

»Nur zu, junger Mann.«

»Ich bringe Ihnen jeden Tag eine Postkarte. Aber nie steht etwas darauf. Nur Ihre Adresse. Und die Briefmarke ist im Postamt unserer Straße abgestempelt. Das heißt, der Absender wohnt ganz in der Nähe. Bitte verzeihen Sie mir, aber wäre es nicht schöner, er käme Sie mal besuchen?«

»Aber das tut er ja!«, platzte sie heraus. »Er kommt mich täglich besuchen. Und wenn ich ihn sehe, dann steckt er mich an mit seiner guten Laune und mir wird ganz leicht ums Herz.«

Juli 2018: Briefmarke, Post, Fluss

Abschied und Neubeginn

Ich höre die Regentropfen auf den Blättern des Ahornbaums, stehe am Fenster und atme frisch gewaschene Luft. Ganz tief lasse ich sie in meine Lungen. Ich inhaliere den Regen und spüre, wie gut das meinem Körper tut. Die Büsche und Sträucher im Garten schaukeln sanft im Abendwind, als reckten sie sich nach dem erfrischenden Nass. Es ist merkwürdig. Wenn ich sie an heißen Sommertagen mit dem Gartenschlauch gewässert habe, schien mir, als würde ich sie niederdrücken. Erkennen die Pflanzen den Unterschied zwischen dem Gartenschlauch und echtem Regen? Fast sieht es so aus.

Im Radio wurde heute immer wieder gesagt, es sei wahrscheinlich der letzte schöne Sommertag und schon am Abend käme der große Temperatursturz. Ich fröstele und schließe das Fenster. Der Regen bleibt draußen. Mich überkommt eine eigenartige Melancholie, wenn ich daran denke, wie wir noch gestern um die gleiche Zeit im Kerzenschein auf der Terrasse saßen und Sternbilder suchten. Was soll ich denn jetzt tun? Ich möchte nicht fernsehen. Keine Kuscheldecke aus dem Schrank holen, Bücher lesen und Glühwein trinken. Das kommt alles noch früh genug. Entschlossen ziehe ich meine wasserdichten Stiefeletten und die Regenjacke an und gehe durch die Siedlung. Die Nachbarn sind in ihren Häusern, haben Licht an und natürlich den Fernseher. Der Regen hat etwas nachgelassen, deshalb wage ich, meinen Spaziergang bis an den Waldrand auszudehnen. Es ist dunkel und auf der Wildschweinwiese höre ich es rascheln. Ich traue mich nicht weiter. Eines Tages, schwöre ich mir, eines Tages werde ich mich mit einer Thermoskanne Tee und einem Nachtsichtgerät bewaffnen, auf den Hochstand klettern und dort den Einbruch der Dunkelheit verfolgen. Ich bleibe stehen und überlege. Warum eigentlich nicht schon morgen?

September 2018, Thema: Herbstblues – Abschied vom Sommer

Verwirrung

Seit ich diese Veränderung an mir vorgenommen habe, ist die Verwirrung groß. Jeden Morgen erschrecke ich vor mir selbst. Stehe vor dem Spiegel im Badezimmer und denke, was ist denn das? Oder vielmehr, wer ist das? Dabei kommt es gar nicht darauf an, wie ich geschlafen habe. Letzte Woche habe ich zum Beispiel geträumt, wir stürzen mit dem Flugzeug ab. Das scheint übrigens mein Lieblingstraum zu sein, weil ich ihn immer wieder träume. Selbst dann, wenn ich gar nicht schlafe, sondern in einem Flugzeug sitze. Oft bin ich schon abgestürzt und ich weiß genau, wie es sich anfühlt. Pure Panik. Die Kehle ist wie zugeschnürt, ich kann nicht einmal schreien. Ich fühle die Geschwindigkeit, die zunimmt wie bei einer Fahrt mit der Achterbahn und ich warte auf den Aufschlag. Der aber nicht kommt. Deshalb habe ich bis jetzt immer überlebt. So auch letzte Woche. Schweißgebadet wache ich auf und bin unendlich erleichtert. Alles nur Einbildung. Alles nicht echt. Gott sei Dank. Aber dann, im Badezimmer, ereilt mich der nächste Schrecken. Ich stehe wie gelähmt und starre mich im Spiegel an. Das ist jetzt keine Einbildung. Das bin ich. Wie konnte ich nur? Warum habe ich das getan? Wie viel einfacher und schöner war es doch vorher. Als ich noch jünger war. Seriöser. Ernster. Artiger. Ein ›Mutti-Typ‹ mit dem Vorsatz: Nur nicht auffallen. Und das jetzt? Ich kann euch sagen, es hat nichts mit dem Abstürzen zu tun. Auch nicht mit

Abstürzen. Ich bin eigentlich immer noch seriös und artig. Gestern habe ich nämlich geträumt, ich heirate. Als Prinzessin im weißen Kleid. Ein rauschendes Fest mit vielen Gästen. Und wisst ihr, wer der Bräutigam war? Mein eigener Mann! Wenn das nicht brav ist. Aber nach dem Aufstehen vor dem Spiegel wieder dieser Schock. Ich sehe nach einer Hochzeit genauso aus wie nach einem Flugzeugabsturz. Das kann doch nicht sein! Ich drehe das Wasser auf, befeuchte meine Hände und beginne, die wild nach allen Seiten stehenden Locken zu kneten. Denn kämmen darf man Locken nicht, dann sieht man doch wieder aus wie Mutti. Wusstet ihr das? Ich knete also so lange, bis ich meinen Anblick wieder ertragen kann, und denke: Vielleicht ist sie doch nicht so schlecht, die neue Frisur.

November 2018: Verwirrung, Albtraum

Aufschreiben

Du sitzt vor dem leeren Blatt Papier und der Stift zittert in deiner Hand. Schreiben. Einfach alles aufschreiben. Dann fühlst du dich leichter. Vielleicht verlierst du dabei auch etwas von deiner Angst. Du musst es nur wollen. Zulassen. Fließen lassen. Schreib von der Liebe. So rein wie die Liebe einer Mutter zu ihrem Kind. Dann von den Tränen, die folgten und den Tagen, an denen nicht gesprochen wurde. Verzweiflung. Zum Schluss Hass. Genau in dieser Reihenfolge. Du musst es nur in Worte fassen. Der Stift fällt dir aus der Hand. Du kannst es nicht. Dein Hals ist zugeschnürt und in deinem Magen liegt ein Stein. Schließe die Augen. Erinnere dich. Erinnere dich daran, was geschehen ist. Lass es los. Es darf dich nicht mehr belasten. Wieso siehst du jetzt aus dem Fenster? Du sollst schreiben! Schreib es dir von der Seele. Das hat dir doch schon so oft geholfen. Du zählst die Regentropfen, die gegen die Scheibe klopfen. Lass dich nicht ablenken. Nimm den Stift und verschaffe dir den Frieden, den du so dringend brauchst. Was tust du da?

Ich stehe auf und male ein Gesicht an die Fensterscheibe. Es lacht. Dann zerknülle ich das Papier und werfe es weg. Und mit ihm den Albtraum, den aufzuschreiben ich mir erspart habe. Ich habe meinen Frieden gefunden. Im Herzen.

November 2018: Stein, Papier, zittern

Besucher der Nacht

Sobald es dunkel wird, sind sie unterwegs. Ich weiß es, obwohl ich nie einen gesehen habe. Einige schleichen um die Häuser. Sie sind dick und schwer und passen zum Glück nicht durch meine Tür. Andere sind so leicht, kaum spürbar, wie ein Hauch. Sie schweben lautlos vor den Fenstern und schauen hinein. Sie sind mir die liebsten.

Ich öffne mein Fenster, atme die klare Nachtluft und lehne mich hinaus. Vielleicht ist einer von ihnen in der Nähe. Aber wie soll ich das wissen? Sie sind unsichtbar. Vorerst jedenfalls. Ich muss sie anlocken. Schnell lege ich mich auf mein Bett und tue so, als ob ich schlafe. Ein kühler Luftzug bewegt die Gardine. Ich höre ein Käuzchen schreien und aus der Nachbarwohnung dringt Gemurmel. Als wenn die Müllers etwas aussheckten. Meine Neugier erwacht. Ich könnte ein Ohr an die Wand legen und lauschen. Aber ich zwinge mich, im Bett zu bleiben. Sonst wird es nichts mit dem Besuch.

Draußen ist es ganz schwarz. Die Wolken haben den Mond zugedeckt und auch ich ziehe mein Federbett bis zum Kinn, weil mir kalt wird. Nicht ein Stern ist zu sehen. Hoffentlich kommt keiner, der so schwarz ist. Bunt wäre schön. Schrill und ein bisschen verrückt. Magisch. Ein tiefer Seufzer verlässt meine Brust. Wenn ich doch nur zaubern könnte. Dann würde ich mir einen herzaubern. Einen Traum. Wild und schön. Unendlich romantisch. Und morgen früh wache ich auf. Sprachlos vor Glück.

Dezember 2018: Schlaf, sprachlos, lautlos, murmeln

Das Schiff

Linas Mutter wird heute dreiundachtzig Jahre alt. Kein Grund zum Feiern für Lina, ihren Bruder Rolf und Vater Willi. Ausgerechnet heute ist die Mutter mit dem Krankentransport ins Pflegeheim gebracht worden. Ein schönes Geburtstagsgeschenk! Aber nach dem vielen Liegen im Krankenhaus konnte sie nicht mehr nach Hause. Sie hat das Laufen verlernt. Doch nicht nur das. Auch das Sprechen fällt ihr schwer. Durch die Demenz weiß sie nicht, wo sie ist. Lina empfindet es als Glück. Das macht es etwas leichter, für alle. Sie treffen sich vor dem Heim, haben Kaffee, Kuchen und Blumen dabei und sind fest entschlossen, das Beste aus der Situation zu machen.

»Wenn sie fragt, wann sie wieder nach Hause darf, dann sagen wir, sie muss erst wieder gesund werden.« Lina hat sich das ganz genau überlegt. »Wir erklären ihr, dass sie in einer Art REHA ist. Die Physiotherapeutin wird mit ihr Laufen üben.«

»Stimmt ja auch«, sagt der Vater und Lina sieht ihm an, wie er leidet.

Schweigend stehen sie im Fahrstuhl. Er fährt so langsam, als hätte er sich auf die Bewohner des Heims eingestellt. Etage sechs, Zimmer sechshundertzwölf. Ihr Name steht schon an der Tür.

Zögernd klopft Willi. Keine Antwort von drinnen.

Sie öffnen die Tür und stehen in einem kleinen Vorraum mit Garderobe. Bedächtig ziehen sie ihre Winterjacken aus und hängen sie an die Haken. Jeder hat Angst, den nächsten Schritt zu gehen.

Lina beißt sich auf die Lippe und fasst nach der Klinke zum Zimmer. Sie sieht sich zu ihrem Bruder und zum Vater um. Der nickt ihr zu und sie treten gemeinsam ein.

Da liegt sie. Nur noch ein Schatten der Frau, die sie einst war. Das Pflegebett steht am Fenster und ist leicht angeschrägt. Sie trägt noch das Nachthemd aus dem Krankenhaus und hat die Augen geschlossen. Rolf geht, um eine Blumenvase zu besorgen. Lina tritt ans Bett, beugt sich zu ihr und fasst sacht ihre Schulter: »Hallo, Mama!«

Sie öffnet die Augen, blinzelt und versucht, sie zu fokussieren.

»Lina, mein Schatz!« Ein Lächeln huscht über das welke Gesicht.

»Schau mal, wer noch da ist!« Lina tritt zur Seite und lässt ihren Vater vor.

»Alles Liebe zum Geburtstag«, sagt dieser und drückt seiner Frau einen Kuss auf die Stirn.

»Wir haben Kaffee und Kuchen mitgebracht und wollen ein bisschen mit dir feiern. Hast du Lust?«

Die Mutter schaut verwirrt von einem zum anderen und fragt: »Wo ist das Schiff?«

»Welches Schiff?« Lina hat ihrem Vater einen Stuhl herangezogen und nimmt die Hand ihrer Mutter.

Die Berührung tut ihnen beiden gut.

»Das Schiff. Am Anlegesteg …«

Rolf trägt den kleinen Tisch zum Bett, verteilt Teller und Tassen und stellt die Blumen in die Mitte.

»Wir wollen ...« Das Gesicht der Mutter zieht sich vor Anstrengung zusammen. Sie will etwas sagen, schafft es aber nicht.

»Wollen wir mit dem Schiff fahren?«, fragt Lina.

Erleichtert nickt die Mutter. »Mit dem Schiff fahren.«

»Du hast geträumt«, mutmaßt der Vater.

Sie schüttelt den Kopf. »Nein.«

»Wir werden mit dem Schiff fahren«, sagt Lina und streicht ihrer Mutter über die Hand. »Aber dazu muss es draußen erst Frühling werden. Dann setzen wir dich in den Rollstuhl und fahren alle zusammen mit dem Schiff. Wäre das schön für dich?«

»Ja.« Die Mutter lächelt selig. Rolf gießt ihr Kaffee aus der Thermoskanne in die Schnabeltasse und dann stoßen sie mit ihr an. »Auf deine Gesundheit!«

»Und auf die Bootsfahrt im Frühling«, fügt Vater Willi hinzu.

Januar 2019, Thema: Traum

In der Turnhalle

Ein Mittwoch wie jeder andere. Eigentlich will ich nicht, gehe aber trotzdem.

Immer die gleichen Gesichter, für einen Plausch reicht die Zeit nicht.

Wir sind ja nicht zum Quatschen hier, nicht wahr, Mädels?

Unsere Trainerin Silke kennt kein Erbarmen.

Zur Erwärmung Zumba. Die Musik wie immer zu laut. Die Kommandos können wir nicht hören. Aber die Bewegungen nachmachen, das funktioniert. Wenn auch leicht zeitversetzt. Jumping Jack und Kickboxen, alle sind im Rhythmus. Mein Blick fällt auf Franzi, die neben mir turnt. Sie führt die Übungen korrekt aus, ihre Arme und Beine fliegen im Takt der Musik. Ich quäle mich und hüpfe unkoordiniert. Mehr geht nicht, denn dann habe ich das Gefühl, auf die Toilette zu müssen. Unter meinem Shirt entwickelt sich ein subtropisches Klima. Ich möchte mich ausziehen. Möchte trinken. Möchte duschen.

Dann, endlich, dürfen wir auf die Matte.

Wir fallen um, liegen ausgestreckt. Wie k. o. geschlagen.

Aber wer hat denn was von Ausruhen gesagt? Vierfüßlerstand, Mädels. Hopp, hopp!

Silke nimmt ihre Armbanduhr ab und legt sie vor sich hin.

Ein Stöhnen geht durch die Runde. Alle ahnen, was jetzt kommt.

Liegestützposition. Bauchnabel zur Wirbelsäule. Anspannen und halten.

Eine Minute lang. Eine ganze Minute! Ich weiß, wie lang das ist.

Während ich stoßweise atme, sehe ich zu Franzi hinüber. Ihre Rückenlinie ist gerade und ich kann es kaum glauben, sie lächelt.

Ich muss mich ablenken. Ein kleiner pinkfarbener Papierschnipsel liegt vor mir auf dem Hallenboden. Ein Überbleibsel vom letzten Wochenende. Da wurde in unserer Turnhalle Karneval gefeiert. Mit Funkengarde, Elferrat und Büttenreden.

Wahrscheinlich würden die Leute vom Rhein darüber lachen. Aber für unsere Region war es schon ganz ordentlich. Auf alle Fälle ein jährliches Highlight. Sogar in der Zeitung wurde schon darüber berichtet. Das Thema: Alt-Berlin – Mein Milljöh! Kostüme vom Hauptmann von Köpenick über Heinrich Zille bis hin zum Hinterhof-Gör.

Meine Arme beginnen zu zittern. Durchhalten.

Halbe Minute ist um, Mädels!

Erst eine halbe Minute! Ich breche gleich zusammen. Mein Gesicht läuft rot an.

Aushalten. Ablenken.

Ich puste den Papierschnipsel weg, er beginnt zu tanzen. Ob Eckensteher Nante dabei war? Bestimmt auch wieder der Chor, vielleicht verkleidet als Damen von Clärchens Ballhaus. Und dann das Männerballett. Zum Schreien komisch.

Schade, dass ich in diesem Jahr nicht hingegangen bin. Doch wenn ich mir Mühe gebe, kann ich die Deko vor mir sehen. Die Turnhalle ist in den Karnevalstagen nicht wiederzuerkennen. Die Wände verkleidet und mit passenden Motiven bemalt, die Decke mit Girlanden und Luftballons geschmückt, lange Tische auf ansteigendem Parkett und vorn das Podium und die Bühne, die mit einem Vorhang abgeteilt werden können.

Ich schaue mich um und kann es kaum glauben. Wie leer die Halle jetzt wirkt. Nur der kleine pinkfarbene Papierschnipsel, der jetzt vor Franzi liegt, erinnert noch an die tollen Tage. Franzi hält problemlos die Spannung und zwinkert mir zu. Mein Blut pulsiert. Ich bin am Ende. Entkräftet falle ich auf die Matte. Geschafft.

Eine Minute im Liegestütz mit dem Kopf voll Erinnerungen und Franzi an meiner Seite. Ich kann nicht anders, als sie zu bewundern. Sie ist fast dreißig Jahre älter als ich. Jahrgang 1937.

März 2019: Rhein, leer, Kostüm

Der Wettlauf

Sie scheint mich nicht zu mögen. Dabei brauche ich sie so sehr.

Selbst in Momenten, in denen wir uns einig sind, kann es passieren, dass sie mich verlässt. Dann steht sie auf und geht.

Aber ohne sie kann ich nicht leben. Was also tun? Ich renne ihr hinterher. Will sie aufhalten. Rufe: »Komm zurück! Bleib bei mir!«

Doch wenn sie einmal weg ist, ist sie weg. Sie ist schnell. Zu schnell für mich. Obwohl ich versuche, ihr zu folgen, gelingt es mir nie, sie einzuholen.

Dann muss ich mir mein Scheitern eingestehen. Verloren habe ich, muss zusehen, wie sie sich immer weiter von mir entfernt.

Ich kann nicht einmal wütend auf sie sein. Denn sie ist fair und gibt mir immer eine neue Chance, darauf kann ich vertrauen. Und ich weiß auch, es liegt an mir, diese Chance zu nutzen und alles dafür zu tun, dass sie dieses Mal bei mir bleibt. Wenn ich mich gut vorbereite und alles bis ins kleinste Detail plane, dann laufen wir eine Weile Schulter an Schulter durchs Leben. Es fühlt sich herrlich an, so eins zu sein mit ihr. Nase an Nase. Im Gleichklang. Immer weiter. Gemeinsam. Wunderbare, glückliche Momente sind das, die ich so lange genieße, bis ich wieder aus der Spur komme. Über etwas stolpere, das nicht geplant war. Das mich aus dem Tritt bringt. Vom Weg abkommen lässt. Und dann rennt sie mir wieder davon und ich hetze hinterher. »Warte! Nicht so schnell!« Ich schnaufe, stoppe, resigniere und sehe ein, dass ich wieder mal nicht mithalten kann. Sie läuft einfach zu schnell. Die Zeit.

März 2019, Thema: Verlust

Das Mobile

Anita liegt ausgestreckt auf dem Bett und schaut an die Decke. Dort hängt ein großes Mobile, das sie selbst gemacht hat und sich unermüdlich dreht. Wie ein Ventilator in einem heißen Hotelzimmer. Aber heiß ist ihr nicht. Eher kalt. Sie fröstelt, kann sich aber nicht aufraffen, sich zuzudecken. Dazu müsste sie aufstehen. Sie fühlt sich schwach und ausgelaugt. Möchte einfach nur so daliegen und sich ausruhen. Doch das Mobile verlangt ihre ganze Aufmerksamkeit. Seine strohhalmähnlichen Arme rotieren und an jedem Arm hängt ein Zettel an einer feinen Schnur. Je länger Anita die Zettel anstarrt, desto mehr werden es. Sie flattern durch die Bewegung und es ist nur schwer zu erkennen, was darauf geschrieben steht. Aber sie weiß es. Es sind ihre Sorgen und Probleme. Die kleinen und die großen. Dinge, die erledigt werden müssen. Die nicht weniger werden, sondern eher mehr.

Anita liegt ganz still und doch ist sie der Motor, der das Mobile antreibt und in Schwung hält.

»Muttertag« steht auf einem Zettel. »Krankenhaus« auf einem anderen. Sie wird der Mutter einen Blumenstrauß ins Krankenhaus bringen. »Opas Geburtstag« ist am gleichen Tag. Er möchte einen Ausflug machen, ins Museum, »Tickets kaufen«. Dann noch essen gehen, »Tisch reservieren«, aber alle Restaurants sind bereits ausgebucht. Es ist schließlich Muttertag.

»Hochzeit«, wie schön, die Tochter heiratet. Erst standesamtlich, dann kirchlich. So viele Dinge müssen bedacht werden. »Kleid kaufen«, »Catering«, »Hochzeitstauben«, »Einladungen«, die Zettel drehen sich immer schneller.

Der Sohn kurz vor dem Abitur. Sitzt vorm Computer, planlos. »Studium?«, »Auslandsjahr?« oder »Freies ökologisches Jahr«, wahrscheinlich schon zu spät zum Bewerben. »Silberhochzeit«, ja richtig. Die ist auch noch in diesem Jahr. »Paris«. Eine Traumreise wollen sie sich gönnen. Alles muss geplant, organisiert und gebucht werden.

Anita will die Augen schließen, aber die Zettel fliegen jetzt so schnell, dass sie wie helle Streifen aussehen. Das Mobile vibriert, ruckelt und dann? Notfall. Es stürzt ab. Begräbt Anita unter sich. Endlich muss sie die verfluchten Zettel nicht mehr sehen. Sie kann die Augen schließen. Alles ist schwarz. Kann so bleiben. Muss nicht mehr hell werden.

Doch was ist das? Draußen vor dem Fenster singt eine Amsel. Anita lauscht. Der Vogel zwitschert aus voller Kehle und kennt so viele Melodien. Ein Amselmännchen. Es sitzt bestimmt drüben beim Nachbarn auf dem Giebel und lockt ein Weibchen. Anita steht auf und geht zum Fenster. Sie sieht den kleinen Vogel auf dem Dach und hört ihm zu. Dann schüttelt sie entschlossen den Kopf. Sie wird das Mobile nicht wieder aufhängen.

Mai 2019, Notfall, drehen, locken

Zwiegespräch

Manchmal hilft es, einfach anzufangen. Dann ist der erste Schritt getan. Vorwärts gehen. Nur nicht stillstehen.

Aber was, wenn es kein Ziel gibt? Keine Motivation? Nur Müdigkeit.

Dann heißt es aufraffen. Sich selbst überwinden.

Aber wie denn bloß? Es ist spät. Der Tag war anstrengend und im Fernsehen läuft eine Doku über Südafrika. Die würde ich mir jetzt gern anschauen.

Das kannst du immer noch machen. Du nimmst sie doch gerade auf. Bedenke, wie du dich fühlst, wenn du es geschafft hast. Wenn du etwas geschaffen hast.

Ja, du hast recht.

Hör auf, vor dich hinzustarren. Bewege dich. Von nichts kommt nichts.

Okay. Sieh mal, jetzt habe ich tatsächlich angefangen. Aber ich weiß noch immer nicht, wo mich der Weg hinführt. Könnte eine Sackgasse sein.

Könnte aber auch sein, du entdeckst einen Schatz. Ist es nicht spannend, ins Ungewisse zu laufen?

Ich weiß nicht. Mir wäre ein klares Ziel lieber.

Lass dich einfach überraschen!

Wie du meinst. Zähne zusammenbeißen und weiter. Schritt für Schritt. Vielleicht komme ich ja scheibchenweise zum gewünschten Erfolg.

So ist es richtig. Nur nicht aufgeben.

Ich sehe nichts als Dunkelheit.

Mach die Augen auf und sieh dich um!
Umsehen? Es ist Herbst. Überall liegen trockene Blätter. Ein leeres Haus. Der Sohn in Peking. Die Mutter im Pflegebett. Sie wird nie mehr aufstehen.
Aber du, du kannst es noch! Du bist fit. Nimm die Beine in die Hand und laufe. Laufe und genieße dein Leben.
Ja. Ich laufe. Und stoße eine Tür auf. Dahinter winkt das Wochenende. Wir haben einen Ausflug geplant. Ins Elbsandsteingebirge. Wandern und klettern mit Freunden. Das hatte ich ganz vergessen. Die Vorfreude hebt meine Stimmung. Lässt alles andere verblassen. Geht wie eine Sonne in mir auf und verdrängt die dunklen Gedanken. Jetzt bin ich bereit. Ich habe es geschafft.
Du hast dich überwunden.
Ja. Zum Schreiben. Zum Leben. Danke!

Oktober 2019: Scheibchenweise und fit

Bollywood

Oft glaube ich, verrückt zu werden. Es ist nicht mehr auszuhalten. Was zu viel ist, ist zu viel.

All diese Trumps und Erdogans auf dieser Welt und die vielen geldgierigen Machthaie, die ohne Rücksicht auf das Wertvollste, was wir haben, nämlich das Leben, immer mehr Waffen produzieren, sinnlose Kriege führen, Regenwälder abholzen und die Meere überfischen. Auch bei uns werden nach wie vor Braunkohle verbrannt und CO_2-Werte ignoriert, Atommüll irgendwo hingeschafft, wo er nicht bleiben kann, Abgaswerte der Autos manipuliert, kein Tempolimit auf den Autobahnen zugelassen, Bahnpreise ständig erhöht, Massentierhaltung toleriert, Pflegekräfte und Krankenhauspersonal zu schlecht bezahlt. Aber Fußballer dagegen verdienen Millionen.

Ich komme nach Hause und kann nicht mehr. Will nichts mehr davon hören. Könnte nur noch heulen. Doch wir raffen uns auf, sind zuversichtlich, dass auch der Einzelne etwas tun kann. Wir vermeiden Plastikmüll, kaufen Regionalprodukte, essen weniger Fleisch und wenn, dann nur Bio, und so oft es geht, nutzen wir das Fahrrad anstatt des Autos.

Aber heute, zum Feierabend, muss ich abschalten und schalte an. Im Fernsehen läuft ein bunter Bollywood-Film, genau das Richtige für diesen Abend. Ich bereite mir einen Wellness-Tee zu und stelle einen Teller meiner Lieblingskekse auf den niedrigen Couchtisch. Beine hoch und durchatmen. Hübsche indische Mädchen in herrlichen Kleidern singen und tanzen und schäkern mit den ebenso schönen Herren. Die Kulisse ist wie aus Tausendundeiner Nacht. Ich genieße es und denke nicht darüber nach, dass in Indien Hunger und Armut herrschen. Der Film ist nur eine Illusion. Und ich weiß es.

Oktober 2019: Kekse und Zuversicht

Die Höhle

Warum tu ich mir das an? Es ist stockfinster und kalt. Ich sitze zwanzig Meter unter der Erdoberfläche in einem dunklen Loch. Auf dem Weg, wie ich hierherkam, kann ich nicht mehr heraus. Das hat unser Kletterführer Heiko eindringlich gesagt, bevor wir uns abgeseilt haben. Die Erinnerungen an das Abenteuer Höhlenklettern im Jahr 2015, ungefähr um die gleiche Zeit, waren durchweg positiv. Deshalb habe ich auch am lautesten »Ja, das will ich noch einmal!« gerufen, als Heiko vorschlug, eine Tour zur und in die Räuberhöhle zu unternehmen, die auf der tschechischen Seite des Elbsandsteingebirges oberhalb der Elbe liegt. Das Übersetzen mit der Fähre und das Wandern durch den nach Pilzen duftenden Herbstwald waren auch wirklich wunderschön. Dann die Aufregung beim Anlegen der Gurte und der altmodischen Stirnlampen. Mein Bruder und ich bekamen eine mit einer dicken Flachbatterie am Hinterkopf, was ziemlich nostalgisch aussieht. Hoffen wir mal, dass die Flachbatterie nicht noch aus DDR-Zeiten stammt und genügend Saft für eine ausreichende Beleuchtung liefert. Sicherheitshalber drehe ich die Lampe aus, wenn ich mich nicht bewege. So wie jetzt. Ich habe mich hinter Heiko als Zweite abgeseilt und warte nun auf die anderen, während Heiko auf allen vieren unterwegs ist, um den richtigen Weg für seine Gruppe zu suchen. Über mir höre ich Geräusche und kleine Kiesel rieseln herunter. Mein

Bruder seilt sich ab. Ich sehe sein Licht im Schacht weit oben tanzen. Komischerweise habe ich keine Angst. Ich fühle mich sicher und habe vollstes Vertrauen zu Heiko. Immerhin fahren wir seit fünfundzwanzig Jahren gemeinsam zum Klettern in die Sächsische Schweiz. Jede unserer Touren war eine Herausforderung und ich möchte keine davon missen.

Als alle unten sind, ist Heiko wieder zur Stelle und leuchtet auf eine glatte Felsplatte. »Dort entlang.« Mit zwei bis drei gekonnten Griffen und Tritten hat er das Hindernis überwunden. Ich bin als Nächste dran und suche nach dem perfekten Einstieg. Aber mein Fuß rutscht immer wieder ab und die Hände finden keinen Halt. Am Ende schaffe ich es mithilfe meines Bruders und einer Räuberleiter. Witzig. Eine Räuberleiter in der Räuberhöhle. Aber dann wird es richtig anstrengend. Und eng. Ich beobachte, wie sich Heiko mit den Füßen voran durch einen schmalen Spalt schiebt. »Achtet darauf, euch nach links zum Fels zu drehen«, erläutert er dabei. »Wenn ihr es auf dem Rücken oder auf dem Bauch versucht, bleibt ihr stecken.« Wie tröstlich. Also folge ich ihm sozusagen hochkant, liege auf der Schulter und schlängle mich durch den Engpass. Wenn es nicht weiterzugehen scheint, bekomme ich Hinweise von vorn oder von hinten. Dann geht es und schließlich können wir auf den Knien weiterkriechen bis in eine kleine Kammer. Sackgasse? Nein. Heiko hat das Höhlenbuch gefunden. Es war hinter einem Stein in einer weißen Plastikdose versteckt und wir müssen uns alle eintragen. Als ich meinen

Namen und das Datum hineinschreibe, bin ich schon ein wenig stolz. Wer macht so was noch in meinem Alter?

Die nächste Passage ist nur mit enormer Kraftanstrengung und der Hilfe eines Seils zu überwinden, das hier schon seit Ewigkeiten vor sich hin modert. Es ist an einer Stelle gerissen, aber wird noch zusammengehalten von zwei Dutzend innerer Seile. Beruhigend zu wissen, dass die Kletterseile nicht mit einem Ratsch reißen können. Wir haben keine Wahl, denn unser Seil hängt noch am Einstieg. Ich fasse fest zu, stütze meinen Körper zusätzlich am Fels ab, kämpfe und schwitze, um hinaufzukommen, und könnte heulen, weil meine Glieder zittern und zu versagen drohen. Wieder frage ich mich: Warum tu ich mir das an? Was ist schön daran?

Oben angekommen, sehe ich Tageslicht. Heiko steht am Höhlenausgang und wir klatschen uns ab. »Gut gemacht!«, sagt er. Da weiß ich, was so schön daran ist. Das Kämpfen im Team, Grenzen überwinden und füreinander da sein. Gemeinsam etwas erreichen. Auch mal unbequeme Wege gehen. Ja, dafür hat es sich gelohnt. Aber nun erst einmal zurück zur Hütte. Wenn die anderen am Feuer sitzen und Geschichten erzählen, werde ich schon schlummern. Darauf freue ich mich. Und auf die Tour im nächsten Jahr.

November 2019: Pilz, schlummern, Knie und fahren

Morgenröte

Heute ist der siebte Dezember. Es wäre der vierundachtzigste Geburtstag meiner Mutter gewesen. Zwei Tage vorher hat sie aufgehört zu atmen. Atmen war das Einzige, was sie zum Schluss noch tat. Essen und Trinken hatte sie vorher schon eingestellt. Nahm nichts mehr zu sich. Nichts mehr wahr. Weder uns noch die klassische Musik, die aus unserer kleinen roten Dose auf dem Nachtschränkchen kam. Und als die Pflegekraft am Morgen mit der Wasserschüssel aus dem Bad kam, lag sie da wie immer. Doch sie atmete nicht mehr. War eingeschlafen. Mit Musik hinübergeglitten in eine andere Welt.

Bedrückt sitzen wir an ihrem Geburtstag um den Kaffeetisch bei meinem Vater und hoffen, dass er diesen Verlust verwinden kann. Wir stoßen auf sie an und er holt eine eng bedruckte DIN-A4-Seite hervor. Er hat seine Gedanken aufgeschrieben, die er uns vorlesen möchte. Die Überschrift lautet: »Der letzte Tag«. Alle schlucken. Ich krame eine Packung Taschentücher aus der Handtasche und halte mich an meinem Sektglas fest.

Mein Vater beginnt, den Sonnenaufgang zu beschreiben, der am vergangenen Donnerstag so einzigartig war. Die Luft so klar, wie sie nur im Winter ist. Die Schatten der Nacht heben sich wie ein Vorhang und darunter beginnt der Himmel purpurrot zu leuchten. Als er das beschreibt, erinnere ich mich, wie ich zur gleichen Zeit auf der Autobahn in Richtung Leipzig fuhr und diese Morgenröte mit meinen Kolleginnen bestaunt hatte. Mein Mann, allein zu Hause, hatte am Fenster gestanden, und auch er hatte das Leuchten über dem See bemerkt. Er fotografierte es und schickte mir das Bild mit einem Gruß auf die Reise. Die schwarzen Fassaden der Häuser im Vordergrund, Weihnachtslichter am Balkongeländer und dann die Farbe des Himmels. Nicht rot. Nicht orange. Purpur mit dunklen Schatten. Ein Anblick, den wir so noch nie hatten.

Und jetzt liest mein Vater, wie er den Himmel an diesem Morgen erlebte, wie sich der Dunst verzog und alles so klar und voller Farbe war. Wenig später bekam er den Anruf, meine Mutter hätte es geschafft und habe die Welt verlassen. Da wurde ihm klar, dass er ihr Licht dort oben gesehen hatte. Ich muss darüber gleichzeitig lächeln und weinen. Bin froh, wie gefasst er ist und diesen Abschied so poetisch beschreibt. Dann schaue ich mir das Foto, das mein Mann aufgenommen hat, auf meinem Handy an. Er hat es mir um sieben Uhr zwölf geschickt und um sieben Uhr fünfzehn ist meine Mutter eingeschlafen. Zufall? Übernatürliche Kräfte? Ein Zeichen Gottes? Oder nur der Anfang eines sonnigen Tages? Denn das Leben auf dieser Erde geht weiter. Und wir dürfen noch eine Weile daran teilhaben.

Dezember 2019: Nachtschatten und Morgenröte

Blickwechsel

Ich habe das Gefühl, in einem Loch zu versinken. In einem Matschloch, weil es schon seit Tagen regnet. Würde mich gern selbst am Kragen packen und rausziehen, aber der Rücken bis hin zu den Halswirbeln tut mir weh. Deshalb kann ich nur mit den Beinen strampeln und mit den Armen rudern, um aus diesem Loch zu kommen. Um mich herum scheint die Welt im Chaos zu ertrinken. Nicht nur wegen des Regens. Alles ist düster und dunkel, wie das Wetter. Was passiert da draußen? Australien brennt. Koalas in Not. Konflikte im Iran. Krieg. Menschen sterben. Das Klima kollabiert. Politiker versagen. Auch ich bin machtlos. Ratlos. Überlege, ob es Sinn macht, aus meinem Loch zu kriechen. Vielleicht sollte ich den Kopf einziehen, mich eingraben und stillhalten.

Plötzlich steht ein Tisch genau über meinem Loch. Jemand sitzt an diesem Tisch. Ich sehe Füße und Hosenbeine. Diese Schuhe kenne ich doch. Auch die Jeans. Das sind meine. Ich recke den schmerzenden Hals aus dem Loch und sehe mich selbst dort sitzen. An meinem Schreibtisch vor dem Laptop. Die Brille auf der Nase. Der Blick konzentriert. Meine Finger huschen über die Tasten. Es klappert leise. Es bewegt sich etwas. Ein Text entsteht. Nichts Großes. Nichts Bedeutsames. Ein kleiner Schritt gegen die Resignation. Gegen die Machtlosigkeit. Ich kann etwas tun. Ich kann schreiben. Will schreiben.

Als ich unter den Tisch schaue, hat sich das Loch geschlossen und ich bin wieder ganz bei mir. Vollständig. Motiviert.

Januar 2020: Loch und Tisch

Else

Heute ist Elses neunzigster Geburtstag und sie fürchtet sich davor. Sie wollte niemals so alt werden. Vor dreiundzwanzig Jahren, fast auf den Tag genau, erlitt ihr lieber Gustav einen Herzinfarkt und verließ sie in der Nacht nach ihrer Geburtstagsfeier. Gerade noch fröhlich, ganz normal gegessen, getrunken und gefeiert – und ein paar Stunden später tot. Im Bett. Else hat das bis heute nicht verkraftet. Immer glaubte sie, sie würde ihrem Gustav bald folgen. Nicht im Traum hätte sie damit gerechnet, neunzig zu werden. Aber so ist es nun mal gekommen. Gekommen sind auch die vielen Gäste. Zum Glück musste sie sich um nichts kümmern. Ihre Söhne haben eine hübsche Gaststätte am See ausgesucht, die Tafel ist festlich gedeckt und Else hat bereits tapfer die vielen Glückwünsche entgegengenommen. Immer wieder Gesundheit und nochmals Gesundheit. Ja, danke, danke. Wie lieb von euch. »Auf die nächsten neunzig«, hat Hubert, der Spaßvogel, gerufen und sein Glas erhoben. »Auf unsere Mutti, Omi und Uroma. Prost!« Die Gläser klingen, es dauert seine Zeit, bis sie mit allen angestoßen und nach Möglichkeit nichts verschüttet hat. Dann nippt sie am Sekt. Schon lange verträgt sie keinen Alkohol mehr, ihr Kreislauf macht das nicht mehr mit. Endlich sitzen. Else hat den Ehrenplatz an der Stirnseite der langen Tafel bekommen und kann die ganze Gesellschaft gut überblicken. Ihre Söhne, deren Frauen, die Enkel und

Urenkel. Wie angeregt sich alle unterhalten. Sitzen sich gegenüber und schnattern wie die Hühner in dem Stall, in dem sie früher mal gearbeitet hat. Lange ist das her. Schichtdienst mit zwei kleinen Kindern, das war wirklich kein Zuckerschlecken. Jetzt sind sie groß, haben beide studiert und verdienen gutes Geld. Olaf sitzt links und René rechts von ihr. Sie reden und lachen miteinander. Else kann nicht verstehen, worum es geht. Das Stimmengewirr im Restaurant und ihr nachlassendes Gehör machen ihr zu schaffen. Sie beobachtet ihre Jungen und hofft, dass sich ihr einer von beiden zuwendet und fragt, wie es ihr geht. Dann könnte sie erzählen, dass es ganz und gar nicht gut geht. Dass sie nachts nicht schlafen kann, Kreislaufprobleme hat, beim Laufen torkelt und Angst hat zu stürzen. Aber die beiden sind so vertieft in ihr Gespräch, sie scheinen ihren Geburtstag vergessen zu haben. Vielleicht fehlt es ihnen an Fingerspitzengefühl. Hat sie etwas falsch gemacht bei der Erziehung? Ihnen jeden Wunsch gewährt, immer selbst zurückgesteckt? Naja, sie haben sich ewig nicht gesehen und müssen sich austauschen. Zum Glück kommt jetzt das Essen. Else liebt Fisch und hofft, dass sich im Filet keine Gräten verstecken. Die Gespräche verstummen und bald hört man nur noch das Klappern des Bestecks. Nach dem Dessert kommt Enkel Felix zu ihr und flüstert ihr ins Ohr: »Wir haben noch eine Überraschung für dich, Omi!« Dann holt er eine Gitarre hervor, die Else bis zu diesem Augenblick nicht bemerkt hatte, und Hubert klopft ans Glas. »Bitte Ruhe!« Plötzlich stehen alle Gäste auf, Felix gibt den Ton an und zählt: »Zwo, drei!« und dann singen alle gemeinsam für sie: »Viel Glück und viel Segen auf all deinen Wegen …« Erstaunt sieht Else in die Gesichter. Alle haben sich ihr zugewendet und strahlen sie an. Sogar die Kleinen können den Text auswendig. Felix' Finger fliegen über die Saiten, er nickt mit dem Kopf und gibt einen Einsatz und Else bemerkt, wie die Gäste nun im Kanon singen. Sie ist gerührt. Wann haben sie das geübt? Jetzt strahlt sie und stimmt mit ein in den Gesang. Wie schön, dass sie diesen Tag noch erleben darf!

Februar 2020: Geburtstag und Fingerspitzengefühl

Das Puzzle

Der Regen klopft gegen ihr Fenster, draußen ist es dunkel und kalt. Vorgestern zur gleichen Zeit hatte sie tatsächlich schon eine Amsel gehört und Hoffnung geschöpft. Doch der Frühling lässt sich Zeit, es regnet schon seit Tagen, Wochen und Monaten. Gefühlt den ganzen Winter. Kein Schnee mehr. Nur Regen. Sie sitzt mit ihrem Riesenpuzzle am Fenster und sucht Teile. Seit Tagen, Wochen und Monaten tut sie nichts anderes. Sie sucht Teile. Ein magisches Bild soll es werden, wenn es fertig ist. »Du wirst staunen, Omi«, hatte ihre Enkelin Annika gesagt, als sie ihr das Puzzle zu Weihnachten überreichte. »Es ist ein Bild im Bild. Du kannst es erst sehen, wenn alle Teile verbaut sind.« Missmutig schaut sie auf den Karton. Eintausend Teile sind es und davon hat sie vielleicht schon siebenhundert zusammengepfriemelt. Mittlerweile hat sie ein ganz gutes Gespür für die Formen und Farben entwickelt. Zu erkennen ist noch nichts. Verzerrte Kreise, einer neben dem anderen. Sie ähneln sich, sind in der Mitte rot und laufen dann spiralförmig auseinander, als drehten sie sich. Werden gelb, blau, schwarz und wieder rot. Manchmal denkt sie, Annika wollte sie mit diesem Geschenk ärgern. In den Wahnsinn treiben. Aber dann erschrickt sie über diese Gedanken, denn Annika ist so ein liebes Mädel. Erst neulich, als sie zu Besuch kam, fragte sie: »Soll ich dir helfen, Omi?« Und dann saßen sie zu zweit am Fenster und haben Teile gesucht und dabei geschwatzt. Sie erinnert sich daran und lächelt. Schön war das. »Bist du nicht neugierig, was du siehst, wenn es fertig ist?« Annika kann es kaum erwarten und sie will ihr so gern die Freude machen und es endlich fertig haben. Dieses verdammte Riesending. Manchmal ist sie kurz davor, alles vom Tisch zu fegen. Wie auch jetzt. Sie nimmt den Karton und schaut sich das Muster an. Diese komischen Kreise. Wer denkt sich so was aus? Es ist dunkel im Zimmer. Sie schwenkt die Tischlampe etwas näher und rückt die Brille auf der Nase zurecht. Was soll das darstellen? Ein Bild im Bild. So ein neumodisches Zeug. Annika zuliebe quält sie sich damit herum. Tagein, tagaus. Ärgerlich starrt sie auf das Muster. Die schöne Zeit. Sie könnte ein Buch lesen. Musik hören oder Fernsehen. Aber nein. Sie muss puzzeln, weil ihre Enkelin es so beschlossen hat. Moment mal. Plötzlich verschwimmen die Kreise vor ihren Augen und ein Gebirge erhebt sich. Spitze Bergketten und tiefe Krater zeigen sich, eine Landschaft voller Fantasie und surrealen Farben. So etwas Außergewöhnliches hat sie noch nie gesehen. Schnell legt sie den Karton zurück und sucht das nächste Teil. Sie will das Puzzle fertigstellen. Nicht nur für Annika!

März 2020: Muster, Gespür und Hilfe

Wir bleiben zu Hause

Geburtstagskonzert mit Johannes Oerding? Fällt aus.
Tanzabend? Abgesagt.
Schulen und Universitäten? Geschlossen.
Ebenso Theater, Kinos, Museen, Gaststätten und Geschäfte.
Im Zoo ein neugeborenes Elefantenmädchen. Ohne Besucher.
Nur Lebensmittel einkaufen. Aber Abstand halten. Niemandem zu nahe kommen.
Angst, etwas anzufassen. Angst zu atmen. Angst vor Menschen.
Schreckensbilder im Fernsehen. Schreckensmeldungen im Radio. Augen zu. Ohren zu. Tür zu.
Ablenken. Handy an. Jemanden anrufen? Aber wen? Alle jammern. Machen Panik.
Stopp mal. Was ist das? »Wir bleiben zu Hause«, ein Festival auf Instagram! Acht namenhafte deutsche Künstler. Jeder musiziert eine halbe Stunde in seinem Wohnzimmer. Nimmt es mit dem Handy auf und sendet es live auf Instagram. Dann ist der Nächste dran.
Coole Aktion. Michael Schulte mit seiner Gitarre. Vierzigtausend Zuschauer. Die Zahl steht oben rechts im Bildschirm und wächst kontinuierlich. Nico Santos am Klavier. Fünfzigtausend Zuschauer. Dann Alvaro Soler live aus Spanien. Sechzigtausend. Anschließend Max Giesinger in Hochform und zum Schluss Johannes Oerding. Das verlorene Geburtstagskonzert wird nachgeholt. Allein auf dem

Sofa in seiner Hamburger Wohnung. Er singt aus voller Kehle. Siebzigtausend hören ihn und singen mit. Jeder ist allein zu Hause. Aber alle sind verbunden mit ihren Handys. Verrückt. Unfassbar. Das Singen tut so gut. Ist befreiend. Ein wunderbares, nie gekanntes Gefühl der Gemeinsamkeit und die Gewissheit: Zusammen werden wir das schaffen!

März 2020: Elefant, Singen und zwischenmenschlich

Mein Freund in der Schublade

Da ist er wieder. Mein Freund aus dem anderen Universum. Mit dem ich schon viele Wochen, Monate und Jahre verbracht habe. Ich freue mich, ihn nach so langer Zeit wiederzutreffen. Es sind fast sieben Jahre vergangen, seit wir uns das letzte Mal sahen. Erst jetzt wird mir bewusst, wie sehr ich ihn vermisst habe. Wir müssen uns erst wieder vorsichtig annähern und uns beschnuppern. Aber es dauert nicht lange, dann ist die alte Vertrautheit wieder da. Sein besonderes Aussehen, seine Verletzlichkeit, sein sanftes Wesen, aber auch der Dämon, der ihm innewohnt, ziehen mich sofort wieder in ihren Bann. So wie früher. Ich möchte Zeit mit ihm verbringen, Abenteuer erleben und wieder jung sein. Doch es nagen Zweifel an mir. Soll ich mich ihm wieder ganz und gar hingeben und eintauchen in diese Parallelwelt? Verpasse ich dann nicht, wirklich zu leben? Gerade jetzt, wo mir alles endlich erscheint und ich jeden Tag trotz Arbeit, Haushalt und Familie in vollen Zügen im Hier und Jetzt genießen möchte. Darf ich mich dann auf so eine Reise einlassen und abtauchen? Für Stunden, Tage, vielleicht auch Wochen nicht wirklich anwesend sein? Verzichten auf Kontakte und Vergnügungen? Aber das haben wir alle ja gerade geübt. Es dürfte also nicht allzu schwerfallen. Mein Herz ist bereit, doch der Verstand zögert noch. Was, wenn ich wieder schwach werde? Mich vom täglichen Trott abbringen lasse und vom Ziel abkomme, wie beim letzten Mal?

Ich sehe ihn an, meinen Freund aus dem anderen Universum, der ein Teil von mir geworden ist. Obwohl er nicht sprechen kann, höre ich seine Antwort klar in meinem Kopf: »Du kannst deine ganze Kraft investieren, deinen Alltag zu meistern. Du kannst sie aber auch dafür verwenden, deinen Traum zu erfüllen. Das fühlt sich besser an. Glaube mir.«

Ja, er hat recht. Ich werde den Weg noch einmal gehen. Mit ihm zusammen. Ich hole ihn aus der Schublade und erfülle mir meinen Traum. Den Traum vom eigenen Buch.

Juni 2020: Fragen und Antworten / Parallelwelt

Schwerelos

Der Wecker klingelt. Lila schreckt hoch, sucht nach dem Handy und schaltet die dudlige Musik aus. Sie hat so schön geträumt. Gerade noch flog sie schwerelos durch eine Tiefgarage und suchte ihren Wagen. Nun ist sie abgestürzt. Und liegt in ihren weichen Kissen.

›Welcher Tag ist heute?‹

Komisch, diese Frage stellt sich Lila jeden Morgen nach dem Aufwachen. Immer die gleiche Frage. Warum hat sie die Antwort nicht sofort auf dem Schirm? Sie muss echt nachdenken. Freitag. Okay, dann ist morgen Wochenende. Den einen Tag schafft sie auch noch.

Raus aus den Federn. Badezimmer. Duschen. Anziehen.

›Wie wird das Wetter?‹ Zum Glück gibt es die Antwort im Handy.

›Was soll ich bloß anziehen? Früh ist es doch noch recht frisch.‹

Sie steht vor dem großen Kleiderschrank und es dauert eine gefühlte Ewigkeit, bis sie sich für Jeans, Bluse und Strickjacke entscheidet. Zwiebellook passt zu jedem Wetter.

Frühstück.

›Tee oder Kaffee? Müsli oder Brötchen? Stulle zum Mitnehmen?‹ Manchmal kann Einfaches echt kompliziert sein.

Endlich verlässt Lila die Wohnung. Der Weg zur Uni ist nicht weit.

›Fahrrad oder Bus?‹ Sie sieht auf die Uhr und hastet zum Bus. Erwischt ihn gerade noch. Plumpst auf den erstbesten freien Platz.

›Welches Modul steht heute auf dem Programm? Worum ging es beim letzten Mal? Sollten sie was vorbereiten?‹ Lila rauft sich die Haare.

›Hab ich mich eigentlich gekämmt?‹, fragt sie sich erschrocken und versucht, ihre langen Locken mit dem Fünf-Finger-Kamm zu ordnen.

Verdammt. Hier hätte sie aussteigen sollen. Haltestelle verpasst. Sie steigt eine Station später aus und hastet zurück.

›Welches Gebäude? Welcher Raum?‹

Lila kommt zu spät. Erntet vorwurfsvolle Blicke. Setzt sich ganz nach hinten. Die Dozentin redet monoton. Einschläfernd. Lila hält sich an ihrem Stift fest und starrt auf den leeren Block.

Sie muss sich noch um das Praktikum kümmern. Das Thema für die Hausarbeit festlegen. Zur Bibliothek gehen. Die Bücher durcharbeiten. In der WG ist der Kühlschrank leer. Sie sollte noch einkaufen. Ihre Eltern anrufen. Im Fitness-Studio war sie auch lange nicht mehr.

Lila malt Kringel auf den Block. Das monotone Gelaber geht ihr auf die Nerven.

›Wie lange noch?‹

Endlich ist die Vorlesung vorbei. Lila nimmt ihre Sachen und geht nach draußen. Sie braucht frische Luft. Ein Schmetterling fliegt vor ihr her. Unwillkürlich folgt sie ihm bis auf die große Rasenfläche. Hinter einer großen Linde verschwindet er. Lila lässt sich am

Stamm nieder, legt den Kopf zurück und schaut zwischen den Blättern hindurch in den Himmel.

Sie weiß, sie muss etwas verändern. So kann es nicht weitergehen.

›Doch was, wann und wie?‹

Schwerelos möchte sie sein, wie im Traum. Oder wie der kleine Schmetterling. Lila lächelt und bleibt einfach sitzen. Obwohl die nächste Vorlesung gleich beginnt.

Diese Pause wird der Anfang sein. Sie sieht die Wolken ziehen und kämpft gegen die lästigen Gedanken an.

›Der Anfang von was?‹

Egal. Der Anfang einer Pause. Auszeit. Ausruhen. Abschalten.

So einfach.

September 2020: Sich den Kopf zerbrechen, Himmel

Miriams Traum I

Nüscht los hier in dem Kaff!«
Lars öffnet die Flasche Bier, die er soeben im Supermarkt gekauft hat, mit den Zähnen. Es zischt leise. Er spuckt den Kronkorken aus und lässt die goldgelbe Flüssigkeit durch seine Kehle rinnen. Das kann er ohne zu schlucken.

Miriam, die neben ihm auf der Bank sitzt, beobachtet ihn mit einer Mischung aus Abscheu und Bewunderung. »Wie meinst'n das?«

Lars rülpst. »Früher gab's hier noch 'n Club. Und 'ne Kneipe. Aber heute?« Er wischt sich mit dem Handrücken über den Mund. »Nur 'n räudigen Supermarkt. Aber der wird och bald schließen, da kannste een druff lassen!«

»Wieso?« Miriam fischt einen Apfel aus ihrer Einkaufstasche und beißt hinein. Er ist saftig. Kommt hoffentlich nicht aus Chile oder Südafrika.

»Na kiek dich doch mal um da drinne. Haste nich jesehn? Die ham da noch Leuchtstoffröhren! Weeste, was das bedeutet?«

»Nee.« Miriam schaut geistesabwesend auf ihr Handy und checkt ihre E-Mails.

»Das bedeutet …«, Lars nimmt noch einen großen Schluck, »… die investieren hier nüscht mehr. Ham den längst abjeschriebn, den ollen Markt. Ist nur 'ne Frage der Zeit, dann jehn hier och de Türen zu. Für imma!«

Interessiert liest Miriam auf ihrem Display die Antwort, auf die sie so lange gewartet hat. Endlich!

»Hörst mir überhaupt zu?« Lars schwenkt die Bierflasche vor ihrem Gesicht hin und her. »Dann is hier wirklich tote Hose und wir müssen bis nach Berlin, um was zu saufen zu kriegen!«

»Vielleicht auch nicht.« Miriam hebt den Kopf und sieht ihn herausfordernd an.

Lars rutscht unwillkürlich ein Stück von ihr weg. »Wat soll dit heeßen? Kannste dir vielleicht 'n bisschen klarer ausdrücken?«

Sie springt auf, wirft den Apfelgriebsch in Richtung Papierkorb, verfehlt ihn nur knapp und beginnt, um die Bank herumzutanzen. Es sieht aus, als tanzen all die bunten Tattoos auf ihren Armen und Beinen ebenfalls. Erstaunt beobachtet Lars ihr Treiben und wundert sich. Er ist mit Miriam schon zur Schule gegangen, sie sind gute Freunde, aber so hat er sie noch nie erlebt. »Eh, wat hast'n plötzlich? Du machst mir Angst!«

Miriam bleibt vor ihm stehen und nimmt ihm die Bierflasche aus der Hand.

»Angst brauchste nich haben. Und so'n Zeug brauchste och bald nicht mehr saufen!« Sie stellt die Flasche unter die Bank und klopft auf ihr Handy. »Ich habe soeben die Genehmigung bekommen!«

»Genehmigung, wofür?« Lars angelt nach der Flasche.

Da packt sie ihn an beiden Schultern und zieht ihn von der Bank. »Jetzt hör mir gut zu und erzähle es allen, die du kennst. Ich werde die alte Imbissbude an der Ecke übernehmen. Meine Pläne sind genehmigt worden. Wir bieten dort preiswert Frühstück, Mittag und Abendessen an, dazu Bier vom Fass. Einmal die Woche wird es Livemusik geben, vielleicht auch mal 'n Dart-Turnier oder 'ne Autogrammstunde mit 'nem Fußballer. Na, was sagste jetzt?«

Lars hat es die Sprache verschlagen. Seine Gedanken fahren Karussell. Was Miriam da vorhat, klingt großartig. Wenn das mal klappt. Aber warum eigentlich nicht? Wenn alle mit anpacken?

»Ick bin dabei«, sagt er schließlich und grinst. »Sag einfach Bescheid, wenn de Hilfe brauchst. Kann bauen, malern, putzen, werkeln – alles, wat de willst.«

Miriam nickt und reicht ihm die Hand. »Abgemacht, Partner!«

Oktober 2020: Apfel, Pläne, Leuchtstoffröhre

Miriams Traum II

Sie hat es tatsächlich geschafft. Miriam. Die junge Frau mit den vielen Tattoos aus dem Dorf mit dem Namen ›Tote Hose‹. Sie hat die alte Imbissbude an der Ecke zu übernommen und aufgepeppt. Als Treffpunkt für Jung und Alt, als Frühstücksklause, Mittagsimbiss, Kneipe und Veranstaltungsort. Alle fanden es gut, aber keiner hat so richtig daran geglaubt.

Heute, am Freitag, dem Dreizehnten, hat Miriam ihren Imbiss »Zum Teufelsbraten« eröffnet. Die Imbissbude ist nicht wiederzuerkennen. In nur vierzehn Tagen haben sie und ihr Team alles rausgeschmissen, was verdreckt, versifft und nicht mehr zu gebrauchen war. Auch den alten Hähnchengrill. Geliefert wurden ein moderner Konvektomat, solide Holzmöbel, eine Theke mit Barhockern und passenden Pendelleuchten, die flackern wie loderndes Feuer. Der Gastraum ist orangerot und die Wand hinter dem Tresen schwarz gestrichen. Darauf prangt das neue Logo: ein Teufel, der mit seinem Dreizack ein Stück Fleisch aufgespießt hat. Schräg an der Decke hängt ein großer Monitor für gemeinsames Fußballschauen. Zur Eröffnungsfeier waren einhundertfünfzig Gäste eingeladen, darunter auch ein Starfußballer von Union Berlin. Es sollte gegrillt, gesungen und getanzt werden. Doch es kam anders. Lock Down light. Nur noch Außer-Haus-Verkauf. Keine Feier.

Aber Miriam ließ sich so schnell nicht entmutigen. Sie fand in den neuen Corona-Regeln den Hinweis, dass Kantinen geöffnet bleiben dürfen. Schnell holte sie sich die Genehmigung und eröffnet ihren Teufelsbraten als Mitarbeiterkantine im Gewerbepark. Neugierig strömen die Menschen an diesem Freitag zum Imbiss an der Ecke. Viele bringen Blumen und Glückwünsche. Alle bewundern Miriams Mut, in dieser Krisenzeit ein Lokal zu eröffnen. Es gibt Chili con Carne und feurige Hähnchen-Tortillas. Obwohl der Konvektomat ausfällt, schafft es das Team, die Gäste zu bedienen. Einige Mitarbeiter dürfen im Gastraum sitzen, andere bestellen, stoßen mit Sekt an und nehmen ihr Essen mit. Und jeder, der heute hier ist, verspricht Miriam wiederzukommen. Nicht erst, wenn sich die düsteren Corona-Wolken verzogen haben. Sondern gleich morgen.

November 2020: Wolke und düster

Au revoir

Liebes Jahr zwanzigzwanzig,
nun hast du uns zwölf Monate begleitet und ich habe mich fast an dich gewöhnt. Die Zeit mit dir war ungewöhnlich. Schockierend. Ungewiss. Angsterfüllt. Nun ist es Zeit für den Abschied. Die meisten Menschen sind froh, wenn du gehst. Vielen von ihnen hast du Kummer gebracht. Krankheit und finanzielle Nöte.

Aber nicht nur das. Jeden Tag gab es auch Hoffnung. Liebe und Achtung. Die Familie ist wieder stärker in den Mittelpunkt gerückt.

Du hast uns gezeigt, was wirklich wichtig ist im Leben. Der Blickwinkel hat sich verändert. Berufe im pflegenden oder medizinischen Bereich, aber auch im Einzelhandel oder Bildungswesen haben an Wertigkeit und Akzeptanz gewonnen.

Die Notwendigkeit von Flug- oder Dienstreisen wurde neu durchdacht. Durch dich habe ich zum ersten Mal in meinem Leben wirkliche Stille erleben dürfen. Einen Himmel ohne Flugzeuge, einen See ohne Motorboote und einen leeren Parkplatz am Einkaufscenter. Fremde Menschen, die sich grüßen. Nachbarschaftshilfe. Dankbarkeit.

Aber du hast auch Fragen aufgeworfen. Was ist falsch und was ist richtig? Wem kann ich glauben? Du hast mich gelehrt, die Dinge nicht einfach hinzunehmen, sondern zu hinterfragen. Dafür bin ich dir dankbar.

Morgen werden wir deinen Nachfolger begrüßen. Im ganz kleinen Kreis wollen wir auf ihn

anstoßen und uns wünschen, dass er uns das zurückgibt, was wir so nötig brauchen. Gesundheit. Für jeden Einzelnen hier, aber auch global. Für das Klima und das menschliche Denken und Handeln.
Au revoir!

Dezember 2020, Thema: Nächstes Jahr

Inneres Feuer

In ihrem Leben hatte es immer etwas gegeben, wofür sie brannte. Eine nicht zu bändigende, alles verschlingende Leidenschaft. Von der sie besessen war. Tag und Nacht. Wenn sie ihre Gedanken darauf richtete, katapultierte sie sich sofort in Hochstimmung. Euphorie. In ihrer Jugend waren es Rockgruppen, die sie mit ihrer Spielfreude und Originalität mitrissen und bei deren Konzerten sie Stammgast war. Später liebte sie Musikfilme, dann Mozart-Opern und schließlich Künstler wie Jochen Kowalski oder David Bowie. Sie wohnten wie ein wärmendes Feuer in ihrem Herzen und begleiteten sie viele Jahre. Überhaupt war es die Musik - ganz gleich, welche Art von Musik, sie konnte nicht genug davon bekommen. Wieder und wieder ging sie zu Konzerten, ins Kino, in die Oper oder sah sich schlecht kopierte Videos an. Jeden Song, jedes einzelne Lied konnte sie mitsingen und fühlte sich federleicht. Emporgehoben schwebte sie in einer Sphäre des Glücks. Weit weg vom Alltag. Weg vom beruflichen Stress oder vom Streit mit den Eltern. Musik war ihre Zuflucht, ihr Leben.

Dann lernte Sie ihren Mann kennen, heiratete und lebte glücklich. Es kamen die Kinder, die zum Mittelpunkt ihres Lebens wurden. Sie verdrängten die Musik, denn sie waren selbst wie Musik und spielten immer die erste Geige. Das Feuer in ihr brannte nun für die Familie. Die Jahre, in denen sie ihre Kinder beim Erwachsenwerden begleitete, waren die schönsten in ihrem Leben. Das Glück hatte sich gewandelt. Sie schwebte nicht mehr in musikalischen Sphären, sondern spürte Halt und Bodenständigkeit, weil sie gebraucht und geliebt wurde. Als sie miterlebte, wie die Kinder ihre eigenen Wege gingen, fiel sie in ein tiefes Loch. Sie versuchte, sich mit Musik zu retten, doch das gelang ihr nicht. Es dauerte ein bis zwei Jahre, bis sie begriff, dass sie frei war. Viele Möglichkeiten standen ihr nun offen. Träume konnten endlich wahr werden. Sie begann zu malen und schrieb Geschichten. Auf der Suche danach unternahm sie mit ihrem Mann Fahrrad- und Wandertouren und entdeckte dabei die Schönheiten der Natur. Auch hier gab es Melodien, die ihr Herz erreichten. Vogelstimmen, Blätterrauschen, Bienensummen und vieles mehr. Dazu sah sie Bilder. Wogende Felder, idyllische Dörfer und in der Sonne glitzernde Seen. Sie spürte den Duft von frischem Holz, feuchtem Moos und blühendem Jasmin. Das alles machte sie glücklich und entzündete ihr inneres Feuer erneut. Und da war sie wieder: eine nicht zu bändigende, alles verschlingende Leidenschaft. Die Lust am Leben.

Januar 2021, Thema: Feuer

Ein besonderer Geburtstag

Ella hatte bald Geburtstag und die Distanz zur Sechzig wurde immer geringer. Sie würde im kleinen Kreis feiern und die Familie fragte wie jedes Jahr, was sie sich wünschte. Ella dachte nach. Alle materiellen Wünsche konnte sie sich selbst erfüllen. Gutscheine für Ausflüge, Konzerte oder Tanzabende waren in der Zeit des Lockdowns auch keine gute Idee. Sie horchte tief in sich hinein und erinnerte sich, was sie früher gern getan hatte. Als sie noch ein Kind war. Warum nicht mal wieder schaukeln, wippen und mit Legosteinen einen Zoo bauen. Ein Bild malen. Oder auf einen Baum klettern. Weil das aber allein keinen Spaß macht, bastelte sie kleine Lose und schrieb ihre Wünsche dort hinein. Jeder, der ein Geschenk für Ella brauchte, zog ein Los. So kam es, dass sie eine Woche nach ihrem Geburtstag mit ihrem erwachsenen Sohn im Wald saß, jeder auf einem Klappstuhl, und die berühmte Fontanekiefer zeichnete. Es wurden keine Kunstwerke, aber sie schufen beide eine schöne Erinnerung an einen wunderbaren Tag. Einen Lego-Zoo baute sie mit ihrer großen Tochter und ihrem Schwiegersohn mitten im Wohnzimmer auf dem Teppich. Sie lagen alle drei bäuchlings nebeneinander und es entstanden ein Affengehege, ein Raubtierhaus, eine Pinguin-Anlage und ein Besucher-Restaurant. Natürlich wurde alles mit dem Handy fotografiert und für die Ewigkeit festgehalten.

Ellas Mann Peter hatte das große Los mit »auf einen Baum klettern« gezogen. Ausgerechnet. Wo er doch Höhenangst hatte.

Zu zweit gingen sie in den Wald und nahmen die Bäume in Augenschein. Meist gab es nur dünne Kiefern. Alle dicken Laubbäume hatten unten kaum Äste. Doch so schnell wollten Ella und Peter nicht aufgeben. Sie liefen tiefer in den Wald und kamen an eine Lichtung mit einem Hochstand. Schon immer wollte Ella dort einmal den Einbruch der Dunkelheit verfolgen. Hatte es nur noch nie gewagt. Wenig später saß sie mit Peter auf dem Jägersitz und sah durch den hölzernen Rahmen, wie die Sonne hinter den Kiefern verschwand. Es dauerte nicht lange und sie vernahmen ein Grunzen. Eine Horde Wildschweine stattete der Lichtung einen Besuch ab. Ella erschrak und griff nach Peters Hand. Der deutete ihr an, ganz ruhig zu bleiben. Tatsächlich interessierten sich die Schweine nicht für sie, sondern wühlten am Waldrand nach Eicheln. Ein großer Keiler wälzte sich in der feuchten Erde und drei kleinere Tiere schmatzen lautstark.

Was für eine außergewöhnliche Begegnung. Ella strahlte und wusste, diesen Geburtstag würde sie nicht so schnell vergessen.

Februar 2021, Thema: Begegnung

Das rote Pferd

Wie Anneliese diese Partys hasst! Sie lebt in ihrer schicken Eigentumswohnung am Stadtrand, umgeben von Gärten und Einfamilienhäusern. Weil sie hier ihre Ruhe hat. Dachte sie. Gefühlt jeden Monat trifft sich jedoch die feierlustige Nachbarschaft auf einer anderen Terrasse. Irgendjemand hat immer Geburtstag oder Hochzeitstag. Oft ist auch ein wichtiges Fußballspiel der Anlass dieser Zusammenkünfte, die immer nach dem gleichen Schema ablaufen. Jeder kommt mit einer großen Kiste voll klappernder Flaschen, Würstchen und selbst gemachter Salate. Es findet eine lautstarke Begrüßung statt. Der Grill ist schon an, Opa Erwin hat sich die alberne Schürze mit dem aufgedruckten Sixpack umgebunden und Thomas trägt den mit einer Deutschlandfahne verzierten Zylinderhut. Korken knallen, Gläser klirren, es wird gequatscht, getratscht und gelacht. Je mehr getrunken wird, desto lauter wird gelacht.

Anneliese sitzt mit rotem Gesicht im Wohnzimmer vor ihrem Fernseher und muss die Lautstärke im Zwanzig-Minuten-Takt nachregulieren, damit sie die Nachrichten verfolgen kann. Ganz schlimm wird es, wenn die Gesellschaft mit dem Essen fertig ist. Dann wird die Musik aufgedreht. Nicht, dass Anneliese etwas gegen Musik hätte. Sie mag Mozart, Chopin und Schubert. Aber das, was zu

fortgeschrittener Stunde aus Nachbars Garten schallt, ist kaum zu ertragen:
»Da hat das rote Pferd sich einfach umgekehrt
Und hat mit seinem Schwanz die Fliege abgewehrt ...«
Anneliese erfährt, dass die Fliege nicht dumm ist und summ summ macht und ums rote Pferd herumfliegt – mit viel Gebrumm. Platter geht es nicht! Bei diesem Text sträuben sich ihr die Haare.
Wenn dieses verhasste Lied endlich verklingt, brüllt immer einer: »Nochmal!« Und alles geht von vorn los.

Anneliese steckt sich Wattepads in die Ohren, nimmt ihre Decke und beschließt, auf der Liege im Arbeitszimmer zu nächtigen, weil dieses Zimmer am weitesten entfernt vom Party-Garten liegt. Sie schließt die Fenster, lässt die Rollos herunter und geht Zähneputzen. Sie drückt Zahnpasta auf die Bürste und fängt an zu schrubben, dass es nur so schäumt. Vielleicht ist es auch ihre Wut, die schäumt.
Plötzlich merkt sie, wie die Bewegungen ihrer rechten Hand immer rhythmischer werden und sie, ohne es zu wollen, zu summen beginnt:
»Da hat das rote Pferd sich einfach umgekehrt
Und hat mit seinem Schwanz die Fliege abgewehrt ...«

März 2021, Thema: Ohrwurm

Harmonie

Warum kann man Glück nicht festhalten? Einfrieren. Konservieren. So wie eine leckere Käsetorte. Jetzt, wo sie Ü50 ist, denkt sie oft darüber nach. Die Antwort liegt auf der Hand: Weil alles Leben endlich ist. Und Glück ist auch Leben. Bei der Beerdigung ihrer Mutter hatte sie sich geschworen, jeden Tag mit Dingen zu füllen, die ihr Freude machen. Nicht einfach, seit in den Medien und der Politik ununterbrochen diese Weltuntergangsstimmung propagiert wird. Sie nicht mehr weiß, wem sie glauben kann. Es Zerwürfnisse innerhalb der eigenen Familie gibt. Nur noch zählt, ob man geimpft ist oder nicht. Freunde plötzlich keine Freunde mehr sind.

Sie kann das alles nicht verstehen. Kapselt sich ab. Lernt Klavierspielen. Beim Üben gelingt es ihr, abzuschalten und sich zu erden. Besonders liebt sie es, den Schlussakkord klingen zu lassen, bis er ihr Innerstes erreicht. Dann füllt sie die Leere in sich mit Klang und Harmonie. Leider klappt das nicht immer. An manchen Tagen fliegen ihre Gedanken umher wie ein Schwarm Mücken und ihre Hände zittern. Sie muss das Spiel unterbrechen. Schaut zur Katze, die eingerollt auf dem Sofa liegt und schnurrt. Schiebt den Klavierhocker zur Seite und legt ihre Finger ins rotbraune Fell. Empfängt die Energie. Spürt die Schwingungen. Und weiß, sie hat es in der Hand. Das Glück.

September 2021: Glück und Weltuntergang

Jetzt. Endlich!

Dieses Jahr soll es passieren. Endlich. Voraussichtlich. Hoffentlich. Schon wieder diese Zweifel! Sie haben mich ein Leben lang davon abgehalten, es zu tun. So viele Jahre sind verstrichen. Ich habe immer auf ein Wunder gehofft. Bis ich begriffen habe, es wird kein Wunder geben. Wo soll das auch herkommen? Ich war ja nie konsequent genug. Viel zu viele Bedenken. Und auch Angst. Die Angst vor dem Scheitern. Wer will sich hinterher schon eingestehen, dass es nicht funktioniert hat? Doch wer nicht wagt, wird nicht gewinnen. Das ist mir schon klar. Nicht erst seit heute. Aber in diesem Jahr gab es schon einige kleine Dinge, die mir Mut gemacht haben. Tröpfchen nur, aber immerhin. Zeichen, dass es einen Weg gibt. Ich muss ihn nur gehen. Geradlinig. Über Stock und Stein. Auch wenn der andere Weg bequemer erscheint. Beine heben, immer voran. Stolpern, fallen, aufstehen. Weiter gehen. Gerade weil zurzeit alles grau erscheint. Nicht nur das Wetter. Die politische Lage. Die Wirtschaft. Das Klima. Die Zukunftsaussichten. Alles grau. Wie meine Jeans, meine Jacke und mein Leben.

Endlich aufstehen. Die alten Gewohnheiten abstreifen. Neues wagen. Genau das will ich. Bin bereit dafür. Gleich morgen werde ich damit anfangen. Die Geschichten sind da. Es ist eine stattliche Sammlung von weit über zweihundert Texten. Ich werde sie sortieren. Nach Themengebieten. Kinder – Unterwegs –

und Kampf. Das letzte Wort klingt gewaltig. Wie eine Schlacht. Die es ja auch ist. Die ich gewinnen muss. Denn ich kämpfe gegen meinen inneren Schweinehund. Erfülle mir einen Traum. Dieses Jahr ist es soweit. Mein erstes eigenes Buch. Der erste Band einer Reihe meiner besten Minutengeschichten. Spontan geschrieben in nur einer Stunde. Geschichten, die mein Leben spiegeln. Die eine Message haben. Die auch andere motivieren sollen. Zum Kämpfen. Gegen das Grau. Gegen die Routine. Gleich morgen werde ich die Geschichten für den ersten Band zusammenstellen. Moment mal. Morgen geht nicht. Da muss ich zum Zahnarzt. Routine-Untersuchung.

Januar 2022: Sammeln, grau, verlegen

Nachwort

Wenn ihr dieses Büchlein in den Händen haltet, ist es der Beweis. Es hat geklappt! Ich habe es durchgezogen und meinen Schweinehund besiegt. Mit siebzehn Jahren habe ich mit dem Schreiben von Geschichten begonnen und mir vorgestellt, wie schön es wäre, ein Buch zu veröffentlichen. Mein bisheriges Leben habe ich immer auf die große Chance gewartet. Bis ich begriffen habe, sie wird nie kommen. Es sei denn, ich packe es endlich an.

Ich hoffe, ich habe euch mit meinen Texten zeigen können, dass Glück oft nur eine Frage der Einstellung ist und euch angeregt, eure Träume zu verwirklichen. Denn dafür ist es nie zu spät!

Für mich ist dieses Buch nur der Anfang, denn es wird weitere Projekte geben. In den Startlöchern stehen bereits ein Hörbuch für Kinder, ein Fantasy-Roman sowie weitere Minutengeschichten. Über euer Feedback zum Buch würde ich mich sehr freuen.

Ein besonderes Dankeschön geht an Heike von der Malwerkstatt Flügel's Hof für die Vorlage zum Coverbild – durch deine Inspiration und Unterstützung habe ich mir vorgenommen, wieder öfter zu malen; an die Mitglieder des Schreibforums »Buchreif« – die jahrelange Zusammenarbeit mit euch hat mich motiviert und meine Kreativität gefördert; an die Mitglieder des Schreibforums »Autorenwiese« – ihr wart wunderbare Testleser und konntet mir sehr viele nützliche Hinweise geben; an die Teilnehmer des Kurses »Kreatives Schreiben« in der Volkshochschule Erkner – eure wertvollen Tipps haben mir sehr geholfen; an die Lektorin Bianca Weirauch – Sie haben meine Texte kritisch begutachtet und hatten immer ein offenes Ohr für meine Fragen; an den DigiBuchService für die kompetente Beratung, den professionellen Buchsatz und die Covergestaltung; und nicht zuletzt an meinen Mann Andreas – du hast meine Schreibleidenschaft in jeder Hinsicht unterstützt und mir immer den Rücken dafür freigehalten.